D1618549

Wolfgang Hermann Körner

Stiller Ausweg Nil

Der Ingenieur Leonhard Spielmann wurde in seiner Jugend aus einer tragischen Konstellation heraus von seinem Freund Franz zu einem Verbrechen verleitet. Sein Leben lang verfolgt ihn die Tat. Dennoch versuchte er sein Gewissen zu beruhigen:»Taten« sagen zu wenig aus. Man muß eine Person über die Psyche erklären, nachforschen, was unsichtbar hinter ihrem Gesicht liegt, ihr wechselnde Rollen, auch die des eigenen Vaters oder eines fiktiven Sohnes, zuordnen, sie aus ihrem biographischen Gefüge lösen. Das Leben spielt mit mir, also spiele ich mit ihm. In dieser Zeit der Brüche ist ein Ich, das bruchlos bleibt, sowieso nicht mehr möglich.«

Und Spielmann glaubt: Der die wahnwitzige Wirklichkeit und die aus ihr resultierenden Wunden, Masken, Träume und Schuldgefühle betrachtende Mensch, der sich Klarheit über sich selbst zu verschaffen versucht, wird in den Irrsinn abgleiten – oder, um dem Dasein standhalten zu können, dies vortäuschen müssen.

Wolfgang Hermann Körner, 1941 in Sindelfingen geboren, studierte an der TU Berlin Bauingenieurwesen. 1967 brach er mit der Technik. Seither freier Schriftsteller. 1973 bis 1978 Aufenthalt in Kairo. Lebt viele Jahre an der Mosel und seit 2005 wieder in Berlin. Zahlreiche Reisen zu den archäologischen Stätten Ägyptens und Griechenlands. Mitglied des P.E.N. seit 1988. Romane, Erzählungen und Geschichten u. a. bei Suhrkamp, Luchterhand und Wagenbach. Bei Brandes & Apsel: *Der Ägyptenreisende. Roman* (1999), *Fronäcker. Roman* (2000), *Sommerhofen. Roman* (2001), *Fatimas Atem. Novelle* (2002), *Die Fremde. Erzählung* (2004), *Der Emigrant. Roman* (2005).

Wolfgang Hermann Körner

Stiller Ausweg
Nil

Erzählung

Brandes & Apsel

Auf Wunsch informieren wir regelmäßig über das Verlagsprogramm:
Brandes & Apsel Verlag, Scheidswaldstr. 22, 60385 Frankfurt am Main,
Germany
E-Mail: info@brandes-apsel-verlag.de
Internet: www.brandes-apsel-verlag.de

literarisches programm 127

1. Auflage 2007
© Brandes & Apsel Verlag GmbH, Frankfurt am Main
Alle Rechte vorbehalten.
Lektorat: Volkhard Brandes, Frankfurt am Main
Satz: Antje Tauchmann, Frankfurt am Main
Umschlaggestaltung: Antje Tauchmann, Frankfurt am Main
Umschlagabbildung: Ägyptische Grabmalerei, Totenstadt Theben
Druck: Impress, d.d., Printed in Slovenia
Gedruckt auf säurefreiem, alterungsbeständigem und chlorfrei
gebleichtem Papier.

Bibliografische Information Der Deutschen Nationalbibliothek
Die Deutsche Nationalbibliothek verzeichnet diese Publikation in der
Deutschen Nationalbibliografie; detaillierte bibliografische Daten sind
im Internet über http://dnb.ddb.de abrufbar

ISBN 978-3-86099-527-3

Inhalt

1

Endlich, nach einem zögerlichen Schritt um eine mit schwarzem Samt bezogene Stellwand herum, entdeckte er sie, im Staub der Ewigkeit einsam zur Schau gestellt in einer Panzerglasvitrine. Das Blut schoß ihm in die Wangen. Geniert sah er sich um. Niemand schien die Ähnlichkeit zu bemerken. Vor wenigen Minuten, beim Händewaschen auf der Toilette, hatte er im Spiegel sein eigenes, honigfarben getöntes Gesicht betrachtet: *Die anderen Jungen hänselten mich meines mädchenhaften Aussehens wegen, riefen mich »Leonie« und gaben mich ihrem Grinsen preis, wenn ich errötete. Ich weiß, daß sie hinter meinem Rücken noch mehr über mich lästerten. Lebenslang hechle ich schon den Versuchen hinterher, für mich ein anderes Dasein, mir andere Eltern und den eigenen Tod als Bestrafung in irgendeinem Karl May-Land vorzustellen.* Er wartete, bis der Besucherpulk sich zerstreut hatte, und schlich dann auf Zehenspitzen weiter. Angesichts der kühlen Strenge des symmetrisch konstruierten, nur mit einer einzigen Augeneinlage versehenen, auf einem grotesk verlängerten Hals sitzenden mageren Schädels und der in sattes Efeugrün getauchten und von einem

7

aufgemalten Edelsteinband umwickelten hohen Krone zwei-
felte er zunächst, wie immer, wenn sein erster Blick wieder
auf sie fiel, an ihrer *makellosen Schönheit*. Aus Gips und über
einem Kalksteinkern modelliert sei die vielfach Bewunderte? Wer ist das nicht, dachte er boshaft. Doch wurden auch
diesmal die Erwartungen, welche seine Erinnerungen und
die feuilletonistische Begeisterung des Blattes, das er bei sich
trug, geschürt hatten, nicht enttäuscht. Und dann, aus kurzer
Distanz, enthüllte ihm die Königin, wenn auch nur in den
Mundwinkeln, ein so sanftes, einladend intimes, Jasminduft
verströmendes, Sonnenstrahlen aussendendes Lächeln, daß
er willig darin versank. Er fühlte sich um Jahrzehnte verjüngt, genoß es, in die Parallelwelt der eigenen Vergangenheit und in jene eines nur in seiner Seele existierenden Sohnes
zu schlüpfen, und wandte sich verjüngt und gutgelaunt ab.
Alles andere der anmaßend *»Hieroglyphen um Nofretete«* beti-
telten Sonderausstellung war ihm jetzt nur noch Nippes. Im
Bemühen, sich zu orientieren, machte er an der gegenüber-
liegenden Wand ein *Die Zukunft des Emigranten* genanntes
Malwerk eines offensichtlich »modernen« Künstlers aus, das
ihm wie die primitiven Kritzeleien eines zutiefst verstörten
halbwüchsigen Lümmels erschien. Kopfschüttelnd erinnerte
er sich an seine eigenen jugendlichen Schmierereien. Welchen Eindruck, dachte er vergnügt, hat aber soeben Nofretete
von mir gewonnen? Er tänzelte zum Ausgang und wand sich
behende am Handlauf entlang die Treppe hinunter. Hinter
der Scheibe des Foyers harrte er aus, bis der Regenschauer
draußen vorbei war. Als er sich in die Drehtür hinein schob,
brach schon wieder die Sonne durch.

Kunstforum und Gemäldegalerie im Rücken, stand er
blinzelnd am oberen Rand einer nutzlos daliegenden, mit
polierten, ungleich getönten Steinplatten gepflasterten schiefen Ebene, die böse glitzernd in Richtung von Scharouns zi-

tronengelbem Philharmoniezelt und der geschwisterlichen Staatsbibliothek abglitt. Aus dem leichenfahlen Dunst des Hintergrunds drohten die bizarren Architekturgebilde des Potsdamer Platzes herüber: *Die gewaltfrei verlaufene Wiedervereinigung: Modell Wilhelm Tell: Wir stehen hier statt einer Landgemeinde und können gelten für ein ganzes Volk: Und was ist aus Schillers Drang zu Idealismus, Geradlinigkeit, Ästhetik geworden –*

Die Beine gaben nach, der Gedankengang riß, und er schwankte. Schnell die Gazette unters Gesäß haltend, ließ er sich auf dem spiegelnd nassen roten Granit des Brüstungssockels nieder, schloß geblendet die Augen und schwebte seiner Umgebung wieder davon: *Jetzt bin ich Léon und denke mir aus: Als ich im zehnten Semester war, wurden meine Eltern – besorgt hatten sie sich aufgemacht, mich zu besuchen – bei einem Verkehrsunfall in Brandenburg so schwer verletzt, daß sie, ohne noch einmal aus dem Koma zu erwachen, neun Tage später starben. Ich erbte Mutters Kopie von Dannekers Schillerbüste und einige wertvolle Kupferstiche und dazu – ach ja – ein kleines Vermögen. Danach brach ich das Germanistikstudium selbstverständlich ab. Das ist neunzehn Monate her. War es denn so? Ganz wohl nicht. Dennoch weiß ich immer noch nichts über Sinn oder Unsinn des Lebens.*

Er spürte, daß die Feuchtigkeit durch die Zeitung drang, und bemühte sich, verärgert darüber, daß ihm das diffuse Zwicken der Schuld- und Schamgefühle und Zweifel immer noch das Gleichgewicht raubte, wieder auf die Beine zu kommen. Erst als sie wie verträumt innehielt und sich ihm mit einer *schnippischen* Drehung des Oberkörpers zuwandte, nahm er die schlanke, in ein eng anliegendes, fleischfarbenes, Hingabe signalisierendes Kleid gehüllte Gestalt richtig wahr: Hohe Wangenknochen, schmale grüne Augen, Sommersprossen, rotes, reich gelockt sich ausbreitendes Haar. Gleich bewegte sie sich mit wiegenden Bewegungen, den rechten Arm weit nach hinten schleudernd, weiter, und er folgte ihr, wie sie es offensichtlich beabsichtigte, betete darum, daß sie ihn – nichts Lasterhafteres fiel ihm ein – in die Verschwiegenheit einer Toilettenkabine locke. In der Halle hielt sie sich jedoch links und betrat, den Kontrolleur wie einen Vertrauten mit einem Nicken passierend, sofort die Gemäldegalerie. Léon rannte zur Kasse, doch dauerte es, einer ungebändigten Touristengruppe wegen, einige Minuten, bis er die Eintrittskarte gelöst hatte. Hektisch wie ein Bilderjäger durchmaß er nun die einzelnen Säle – und stoppte abrupt vor Cranachs Bildnis einer nur von einem Schleierhauch umwebten Venus: die Dargestellte sah der unauffindbaren Fremden verblüffend ähnlich. Hatte sie sich entkleidet und war ins Bild geschlüpft? Als er erregt, klopfenden Herzens, näher herantrat, öffnete sie fast unmerklich die Schenkel. Wenig später störte ein leiser, empörter Schrei die Andacht des Tempels.

In seinem ehrenvollen, wenn auch aussichtslosen Bedürfnis, die Welt zu begreifen, in seinem burlesken Drang zu Bohème und Libertinage lechzte er, seitdem er vor sieben Jahren in Berlin angekommen war, unentwegt den phantastischen Phänomenen des Daseins hinterher, die sein Vater, der Ingenieur, in seiner buchstabengetreuen Korrektheit eisig ignoriert und von der Mutter mehr oder weniger ferngehalten hatte: Literatur, Erotik, Malerei. Als Folge der strammen Moral des Vaters rührte sich nach fast allem, was Léon tat, das schlechte Gewissen und lähmte Körper und Geist. Beim Lesen erlosch früh seine Konzentration, in den Pinakotheken stand er oft genug vor phythisch und enigmatisch konstruierten, die Idee der Menschlichkeit vermutlich geistreich – aber für ihn nicht entzifferbar – verschlüsselnden, immer wieder einschläfernden Tableaus.

Und die Frauen, die kennenzulernen er sich bemühte, nahmen ihn seltsamerweise von vornherein meistens nicht ernst. Stand ihm die Laschheit so deutlich ins Gesicht geschrieben, erschien er den Damen zu *androgyn*? Demzufolge durfte er nur alle Jubeljahre seine Zunge auf den Paradiespfad zwischen den würzigen Körperöffnungen eines der Märchenwesen dirigieren – aber der Sog, den die ihm weithin unbekannt gebliebenen Terrains der Weiblichkeit, der Belletristik und der bildenden Kunst ausübten, wurde dadurch eher verstärkt. An den Gedanken, daß er sich jetzt Einiges einfach kaufen konnte, mußte er sich erst noch gewöhnen. Andererseits waren alle klammen Versuche, sich selbst als Schriftsteller oder wenigstens als Zeichner bestätigt zu sehen, gescheitert, weshalb der Neid ihn anstachelte, die zeitgenössische Kulturszene beißend zu kommentieren und die Produzenten des Kitschs, von Handke und Jelinek bis zu Beuys und Penck, gehörig zu schmähen. Als er einmal im *Zwiebelfisch*, über den Tresen hinweg mit der jungenhaften Serviererin – ihr Haar war kürzer geschnitten als seins – plaudernd, eher im Scherz provozierend, von der Infantilisierung der Kunst durch Jandl und Klee sprach, gingen ihm die Umstehenden fast an den Kragen und erstickten seine Beteuerungen mit gröbstem Spott. Auf dem Heimweg, die Kantstraße entlang, versuchte er wie immer nach solchen Erlebnissen, sich durch Selbstironie wieder zu stärken, verfiel aber lediglich in matte Wehleidigkeit: Wie stehst du im Leben nach all den Dummheiten, die du gemacht hast, du vorgetäuschter Sohn eines Mannes, der von Betrügereien profitierte, du selbst erfundener Enkel eines Buchenwald-Überlebenden, der aus der scheinheiligen Frage, warum er nie mehr in seine luxemburgische Heimat zurückgekehrt war, stets ein absurdes Geheimnis gemacht hat. Zu Hause entkorkte Léon dann in der Regel eine Flasche Shiraz vom antipodischen und deshalb vermutlich besseren Ende der Welt und trank sie – sich im Raum Dürers aufmunternde »Melancholie« und die Schillerbüste, von des Dichters kalkigen Froschaugen belauert, vorstellend – in kürzester Zeit leer.

Den Blick zwischen der Venus' honigmildem Engelsgesicht, dem zarten Naschwerk ihrer Brüstchen und der Offenbarung des nacktesten und lieblichsten aller Schamhügel auf und ab führend, hatte er, eine Hand in der Hosentasche, sich verstohlen berührt. Bis der spitze Schrei ertönte, eine Wärterin auf überaus lächerliche Weise – betont strengen Schrittes – heraneilte und ihm »Lassen Sie das gefälligst!« ins Ohr zischte. Er riß die Hand mit dem Taschentuch heraus, schnäuzte sich und stolperte hochroten Kopfs weiter. Überall schienen ihn nun die Blicke der Uniformierten – besonders der weiblichen – zu enttarnen, zu verurteilen und zu bestrafen. Dennoch suchte er nicht den Ausgang, sondern bemühte sich, die Hände auf dem Rücken verschränkt, den eifrig Interessierten zu spielen. Sein Herz aber wimmerte, und seine Gedanken wirbelten durcheinander: Die Schuld des Täters und die Scham des Opfers. Mein ungeheures Liebesbedürfnis. Der Sprachverlust des Großvaters in der Emigration – vermochte er den Verwandten und Freunden, sofern sie noch lebten, nicht mehr unter die Augen zu treten? Hat sich dies auf mich vererbt? Anerkannt zu sein, als Gleicher unter Gleichen, das habe ich nie kennengelernt. Hatte Großvater sich in Deutschland auf die Suche nach den Teufeln begeben? Wollte er Luxemburg nicht betreten, bevor er nicht wenigstens einen von ihnen aufgespürt – und gerichtet – hatte?

Vor Pollaiuolos »David als Sieger« drängte sich ihm als Bildunterschrift *Goliaths vom Rumpf getrennter Kopf liegt auf dem Boden, und Großvater Spielmann hat sich breitbeinig in Siegerpose darüber gestellt* auf. Einige Räume weiter hatte er sich wieder gefangen und erkannte sich wegen des sensiblen, halbseitig verschatteten Antlitzes mit den tief liegenden, in die Ferne schweifenden Augen in Franciabigios »Bildnis eines jungen Mannes« definitiv wieder: *Die Linke aufs Stehpult gestützt, führe ich mit der Rechten den Federkiel ohne sichtbares Ergebnis über das Holz. Ist es nicht wunderbar, wie die Kunst beweist, was das Leben behauptet?* Erneut fühlte er sich insistierend gemustert. Er schaute suchend zur Seite und blickte in die kühlen Augen eines ihn abschätzig aus dem heilsamen Manierismus der Renaissance heraus betrachtenden *Anderen*: Sollte er sich nicht endlich mit der Wahrheit befreunden?

»Wenn Sie sich zu konzentrierter, ernsthafter Arbeit entschlössen, wären Sie Ihre Beschwerden nach zwei bis drei Wochen los.« Die bräsige Stimme des Arztes verschmolz auf dem Grosz-Gemälde in der Neuen Nationalgalerie – zu der er, expressionistisch aufgewühlt, hinüber gestapft war – mit der früher oft bis zum Ekel von den Eltern beschworenen »Stimme der Vernunft« des Vaters und waberte aus den offenen Mündern der »Stützen der Gesellschaft«. Die widerlichen Figuren auf dem Bild belegten nur noch, was ihm zur willkommenen Gewißheit geworden war: Die Ursachen seiner Schwächen und Wehwehchen hatte er in der schweren Hypothek zu suchen, mit der er sich als Deutscher – schon sein Vater war 1941 unweit Marbachs, des Geburtsortes der Mutter, in Sibyllenburg, in das es die jüdischen Vorfahren auf ihrem Verzweiflungsweg noch verschlagen hatte, zur Welt gekommen – arrangieren mußte: Aber zum Erbe gehören auch die zwei Millionen, mit denen ich schalten und walten kann. Sich des schmeichelnden Zynismus seiner schnöden Selbstsucht wohl bewußt, verließ er den gläsernen Bau, verabschiedete sich für diesen Tag, dem 8. Mai 2005, erst einmal von der Welt der Museen und ihren Verführungen, Rätseln und Wahrheiten: Und was bietet mir jetzt das Volk?

Schon nach wenigen Metern, in der Potsdamer Straße, begann es wieder zu nieseln. Er knöpfte die schwarze Lederjakke zu, schlug den Kragen hoch, hob die Schultern und zog so weit wie möglich den Kopf ein: Ich könnte mir ein Taxi leisten, aber wohin? Die meisten Leute sehen aus, als wären sie den Bildern von Beckmann, Dix und George Grosz entlaufen. Dieses amorphe Berlin! Wie sonst soll ich es nennen? Mein Wortschatz ist gering, meine Fähigkeit, mit Sprache umzugehen, beschränkt. Er lächelte: Einige Zeit hatte er in einer Kneipe verkehrt, in der die abgerissene Mannschaft der Tresensteher ihn zum »Philosophen« ausrief, weil er so oft vom *Außersichsein* sprach und jeden, einschließlich sich selbst, ein indifferentes Mischwesen nannte. Dieses Urteil hat er längst revidiert: Der *menschliche* Anteil sei bei allen viel zu gering: Daher durfte es geschehen, daß die anmaßenden Spitztürme da vorne unsere Humantempel Philharmonie und Nationalbibliothek zu Toilettenhäuschen und Würstchenbuden degradiert haben.

Ein Wolkenbruch ging nieder und das ganze Vieh – Léon mittendrin – stopfte sich in den nächsten Pferch, *so daß wir Schweine, Kühe, Esel, Strauße und Giraffen dampfend unter dem hybriden Sternenzelt des Sony-Centers zusammenrotten* und eine schwüle Atmosphäre voller Begierde und Anarchie entstand. Hatte auch er in Berlin seine Euphorie über das Neue und Freie anfangs nicht überschätzt und sogar von einer Karriere als Universitätsprofessor, Studentinnenschwarm und Dichter geträumt? Als wäre sie in dem Gedränge aus ihm herausgequetscht worden, hatte er mit einem Mal die Szene vor Augen, in der seine Mutter stöhnend und zuckend mit geschürztem Rock, die Schillerbüste zwischen den hoch gespreizten Beinen, auf dem Rücken lag. Er ruderte, sich mehrmals entschuldigend, durch die Menge, als müsse er gegen eine Panik ankämpfen und stieße nur unabsichtlich gegen die erstaunlich obszön ausgestellten Weichteile der Damen, aber seine sensiblen animalischen Pfoten betupften jedes Brüstchen und

14

jeden Hintern, die an seinem Körper vorbei strichen, und sei es auch nur einen seligen Lidschlag lang: Warum bin ich – am 30. Juni, mitten im Sommer und doch zwischen allen Gezeiten geboren – nicht Bademeister an einem heißen FKK-Strand geworden? Aber gleich darauf: Was haben die Aufseher und Ärzte in Buchenwald wohl alles mit den Frauen und Mädchen angestellt? Und wieder ein Filmausschnitt mit der Mutter, die diesmal wie eine demütige Hündin nackt über den Perserteppich auf den Vater zu kroch, der sie, gespornt und gestiefelt, mit der Peitsche erwartete. Am nächsten Tag habe er ihr die Schillerbüste und das Reclamheftchen der *Jungfrau von Orléans* geschenkt.

Eine Flut von Helligkeit erfüllte plötzlich den monumentalen Raum, und alles kehrte sich wieder um. Die Eingeschlossenen strömten zum Sonnenlicht zurück und schubsten Léon unsanft nach draußen. Er trug seine hübschen Erinnerungen die Ebertstraße, links das frische Maigrün des Tiergartenwäldchens, entlang in Richtung Brandenburger Tor und spürte, nachdem er das erschreckend dämliche Stelenfeld des noch unzugänglichen, weil noch nicht *eingeweihten,* allerdings nur von grobmaschigen Stellgittern, an denen sich die Neugierigen reihten, umzäunten Holocaust-Mahnmals – gleich dem *zickigen* Jüdischen Museum in Kreuzberg der erfolgreiche Versuch des amerikanischen Architekten, den Deutschen blinde Eilfertigkeit und eine unverändert barbarische Ästhetik anzuhängen – erreicht hatte, erst Übelkeit, dann Zorn, und schließlich heiteres Mitleid mit allen armseligen Mitmachern: Möglicherweise offenbart sich die Signifikanz dieser Chuzpe noch nicht einmal dem Erbauer. Hatte Mister Eisenman etwas – vielleicht die Idee von der »Imitatio arti«: der Künstler müsse sein entlehntes Modell gleichermaßen zeigen und verbergen – schlicht falsch verstanden? Wollte er die tot herumliegenden Quader des zerstörten Zeus-Tempels von Olympia wiederbeleben, auf die Klagemauer in Jerusalem oder das moderne Berlin verweisen? Nein, er hat eine komplexe Geschichte geliefert, aber nur zur Hälfte, weil wir uns die andere selbst erzählen sollen. Wohlan, Großvater David. Einer deiner schlimmsten Peiniger in Buchenwald war vermutlich ein schwäbischer Arzt gewesen, der nach dem Krieg –

Der Grillgeruch von den Fegefeuern der Bratwurstbuden besetzte Léons Nase. Um das Brandenburger Tor herum hatte sich ein Höllenspektakel entfacht, das er nun nicht mehr ignorieren konnte: Mein Vater hatte am Steuer vermutlich einen seiner Schwächeanfälle erlitten. Hatte er das Autoradio, weil Wagner erscholl, trotz aller Proteste der Mutter, zu stark aufgedreht? Zum »Tag der Demokratie« war eine Bühne aufgebaut worden, auf der gerade ein deutschjüdischer Schauspieler, dessen abstehende Ohren ihn groteskerweise an den Giraffenhals der Nofretete erinnerten, von einem tosenden Schlagzeug und anderen Lärminstrumenten begleitet, unverständliche – sicherlich hebräische – Liedworte zum verhangenen Himmel kreischte. Da blieb kein Raum mehr für das Gedenken. Léon presste die Hände auf die drangsalierten Ohren und konzentrierte sich verbissen auf die saubere Realität des Absurden: Homer hat Buchenwald und das Schicksal meiner Familie hinlänglich interpretiert. Damit ist alles gesagt. Warum sollte ich mich weiter darum kümmern? Die Straßen waren weiträumig abgesperrt, so daß er das Chaos nicht umgehen konnte und der Weg durchs unbarmherzige Getümmel der Volksmasse führte.

Das Brachiale liegt hinter ihm, die Dominanz der Unorte: Obwohl er noch während der Beerdigung seiner Eltern beschlossen hatte, alles, was künftig in der Welt und mit ihm passierte, vornehmlich spannend zu finden und – dem Zwang, ein bestimmtes, mehr oder weniger eng begrenztes

Fachwissen anzuhäufen, um sich ein angenehmes Leben leisten zu können, war er ja nicht mehr unterworfen, so daß er seine Neugier auf die *freie Gelehrsamkeit*, auf alles, was ihm interessant erschien, richten konnte – sich persönlich von nichts mehr, das außerhalb seiner Seele und seinem Körper stattfinde, berühren zu lassen, schüttelt er sich vor Unmut und Zweifel. Den Rest wäscht im Moment der Regen ab. Und erst einmal befreit – als ob sein armes Hirngewebe plötzlich besser durchblutet wäre und sich nicht mehr vom Untergang bedroht fühlte – marschiert Léon nun unter den tropfenden Linden Richtung Osten: Seine Fluchtpunkte vor der Reise nach Weimar: Museumsinsel, Antike, das prächtige »Reinhard's« – mit einem vollen Portemonnaie trotzte er jetzt auch allein den lüsternen und prätentiösen Blicken eines geschniegelten Publikums – und danach das sagenhafte »Haus Mitte« –

2

Mit einer ganz bestimmten Konzeption hat er das Etablissement aufgesucht. *Befleckt* fühlte er sich von Kindheit an. Während des Studiums hatte er mit Staunen aufgeschnappt, daß Aristoteles den Begriff der »Katharsis« durchweg für physische Läuterungen, gleichsam als Brech- oder Abführmittel benutzte. Den Griechen sei dies im Übrigen selbstverständlich gewesen. Doch unrein ist – und Reinigung erforderte – vor allem, was seinem Großvater David Spielmann widerfahren war, als dessen *Stellvertreter* er sich, merkwürdigerweise immer wieder fast gierig die eigenen Widersprüche genießend, doch sah. Léon war nur noch Vierteljude, dennoch beschnitten: »Ich fühle mich schon als Deutscher beschissen, wozu noch lernen, was hier ein Jude empfindet?« Ein Satz, den er in vielen – in öffentlicher Gesellschaft oft peinlich ausartenden – Situationen anbrachte. Doch die beiden *deutschen* Huren waren darüber so entzückt, daß sie ihn mit größter Hingabe dem Allermenschlichsten, also dem zuckersüßen Göttlichen, nahe brachten. Tod und Geburt, Sein und Nichtsein zugleich, einen Mysterienkult mit ungezählten Ritualen, der zweieinhalb Stunden beanspruchte und eintausend Euro kostete, hat er mit ihnen erlebt. Der Kampf des Menschen um sich selbst: Erst im Umschreiten der Opferherde, hatte er den verdutzten Gespielinnen erklärt, könne man die wechselvollen Ereignisse aus dem Leben des Telephos erfahren. Aus der *Gigantomachie* des Pergamon-Altars hingegen wählte er – um dem schwer erträglichen Manierismus gekauften Sex' eine gewisse intellektuelle und rhetorische Kraft entgegenzusetzen – einige Szenen aus, die er mit den Mädchen dann auch nachgestellt hat: Athena, Tochter des Zeus, trennt den Giganten Alkyoneus von der aus dem Erdreich auftauchenden Gaia; Selene, die Mondgöttin, reitet auf einem Maulesel über einen nackten Giganten hinweg; Aphrodite zieht eine Lanze aus einem getöteten Gegner; Polydeukes eilt Kastor zu Hilfe, den einer von hinten gepackt hat, an sich preßt und in den Arm beißt. Natürlich leierte die Konfrontation von göttlicher Ordnung und Macht mit der Wildheit und Raserei des Barbarentums am Ende aus und verebbte in durchseufztem Geplänkel und bekicherten körpertechnischen Albernheiten.

Für Platon, meinte Léon schließlich, ohne richtig zu begreifen, was er damit von sich gab, sei die kathartische Aufgabe der Philosophie, nicht den eigenen Körper zu negieren, sondern die Identifikation mit ihm aufzulösen. Die Mädchen, nun weniger charmant, fanden, daß diese Bemerkung dünner als ein menschliches Haar und sein *Putzwerkzeug* soeben gerade noch durch ein Rasterelektronenmikroskop zu erkennen sei. Die *Gigantomachie*, revanchierte er sich, feinste Bildung vortäuschend, sogleich, interpretiere er als die gnadenlose Schlacht der Maschinen gegen die unterlegenen Lebewesen, darüber hinaus registriere er mit Genugtuung den allerorten aus dem Fries tropfenden Ekel über all jene, die Weisheit, Würde und Menschlichkeit hinter sich ließen und behaupteten, die Götter wahrhaftig erblickt zu haben. Er dozierte ins Leere und dachte resigniert, auch während der Ikarus-Tragödie ist das Leben einfach weitergegangen, hat der Ackersmann unbeirrt sein Feld gepflügt, das Schiff ruhig seinen Weg genommen, der Hund getan, was Hunde eben tun. Die Mädchen sprachen sehnsuchtsvoll von Leonardo di Caprio, Brad Pitt und Musikanten wie Geldof oder Bono und sprachen ihnen, ausgehend von den Verkaufszahlen der Filme und Platten, die öffentliche Meinungsführerschaft in Politik und Kultur zu, aber Léon warf sich dazwischen und meldete sich krächzend zu Wort: Vor dem Fernseher zu weinen, wenn man das Elend fremder, gar erfundener Menschen betrachte, bedeute gewiß nicht, daß man besser sei als die Ausbeuter selbst. Nie bezögen sich die Schlagzeilen auf die Unnachgiebigkeit und Habsucht der aufgedunsenen Medienstars in unseren Regierungen und Unternehmen. So wie selbst die billigsten Geschäftsleute, falle ihm in der Bahn angesichts der Erste-Klasse-Mitreisenden stets ein, dasäßen und ihre Laptops und Handys bedienten, folge jeder nur seinem eigenen Dämon, und niemand sage ihnen, daß sie für weite Teile der Welt indirekt nichts als *Terroristen* seien. Keine der Damen hörte ihm zu, jede zählte ihr famoses Honorar.»Nur noch in den Museen trefft ihr die guten Seiten der Menschheit an, wobei die Satten ihren Kunstgenuß allerdings gern als Solidarität mit den Hungernden Afrikas verkaufen«, bemerkte Léon, sich ankleidend, mit lärmender Geste –

19

Nachts, in der Charlottenburger Mommsenstraße wieder mit den üblichen Gespenstern allein, träumte ihm, daß seine rätselhafte Mutter – als »Schillers Schwester« Insassin der Marbacher Psychiatrie, einem abrißreifen Vorkriegsgebäude mit eingeschlagenen Fensterscheiben, stinkenden Schlafsälen, tropfenden Wasserhähnen und gräßlich verschmutzten Toiletten – mit dem Fingernagel unentwegt an der schwarz verschimmelten Wand ihres Schlafsaals kratzte und die von ihm selbst verfaßten Manuskriptseiten, mit denen der Knabe seine Kammer tapeziert hatte, ans Licht hob: »Die entscheidende Angelegenheit von Zeit und Menschheit ist die Kunst, Léon! Auf dem Brachland zwischen den alten Festungen Lenz, Walser, Grass und den inferioren Bauklötzchen der sogenannten Popschreiber hätte mit dir ein Großer heranwachsen können! Dein Vater hatte auch Jura studiert, um, den Holocaust in der Seele, für Gerechtigkeit in der Welt zu sorgen, doch ließ er sich von der Jurisprudenz, als sei dies ihre wahre Funktion, allzu bereitwillig die Schleichwege zu Unehre, Geld und Vermögen aufzeigen. Seinen Charakter hast du geerbt und bist nicht besser als er!«

Am Morgen des 9. Mai reist Léon vom Bahnhof Zoo aus mit dem Zug zu dem Ort, an dem sich alle Mirakel und Malaisen Deutschlands verdichten: Ich will nun wieder in mein Arkadien zurück, weiß nur nicht, wo es liegen soll, sehe, das Wunderwerk des eigenen Ichs nur noch als schales Wortspiel erfühlend, einsam auf die dürren griechischen Inseln hinaus – und nichts geht in mir vor, wenn ich dieses fremde »Ich« denke. Die eisernen Räder kleben an den Schienen, als seien sie mit Pech und Schwefel bestrichen, und lösen sich nur in zähen Schlieren vom Untergrund. Léon kommt gerade noch im Schneckentempo voran, so daß er lange den schwergewichtigen Riesen im Auge behalten kann, der ein kurzes, violettes Röckchen trägt und auf der Wiese nebenan Boccia mit seiner kleinen, wendigen Mutter spielt, aber Minuten braucht, um sich zu bücken. Im 12. Jahrhundert, fällt dem unruhig gewordenen Beobachter ein, wurde in der islamischen Welt bei Erektionsstörungen homosexuelles, ersatzweise masturbierendes Verhalten empfohlen. Der Boden des Waggons erscheint ihm so weich, daß er im Rhythmus der unverständlichsten und infamsten Mutterworte – »Du trägst Böses im Herzen und verspritzest mit selbstsüchtigem Wohlbehagen das Leben zahlloser zukünftiger Menschen« – zur Toilette regelrecht watet. Welche Triebkraft wirkt auf ihn ein, zwingt ihn, die wirklichen Daten seiner Biografie immer wieder spielerisch zu verfälschen? Die Verwirrung hält an, als er am Marktplatz – sonst hatte er immer in preiswerten Privatzimmern genächtigt – das angeblich von Dichtern, Denkern und Musikern geschätzte Hotel *Elephant* betritt und sich in einer dieser neuzeitlich neonkalten und gefühlsresistenten Empfangshallen wiederfindet. Doch dann träumt leise, klassische Musik in den Fluren und entläßt ihn in die sorgende Ruhe eines gepflegten Zimmers. Erleichtert sinkt er aufs Bett, greift zur bereitliegenden Hochglanzbroschüre – und erschauert, als er feststellen muß, daß sich das Management nicht entblödet hat, nicht nur eine *Udo Lindenberg-Suite* einzurichten, sondern sich dieser Verrohung auch noch ausdrücklich rühmt –

Die Schauplätze kennt er von früheren Besuchen: Carachoweg, Schillerhaus, Arrestzellenbau, Frauenplan, Krematorium, Fürstengruft.

3

»Ein endloser Ritt durch die Nächte und Regen des eigenen Bewußtseinsraums, ein krauses Zitatgefüge von der griechischen Antike bis Proust und eine Bildbeschreibungslandschaft von Bruegel bis Patenier.«

»Das sind gefährliche Worte. Wovon redest du?«

»Von meinem Erstlingsroman.«

»O, da kenne ich mich aus. Vermutlich ist er noch nicht geschrieben.«

»Stimmt.«

Ungeniert hatten sie sich angelacht.

»Im Prinzip verwaist, aber finanziell gesichert«, hatte Morbach nun erneut angehoben, »schnupperte ich nach dem Abitur in Paris autodidaktisch herum, staunte in einem Montmartre-Kino über Bunuels *Chien andalou*, stieß in einer Buchhandlung am Montparnasse auf die Surrealistenzeitschrift *Minotaure* –«

»Lernte bei Buchhändlern auf den Seine-Quais Kafka und Faulkner kennen, liebäugelte mit der Idee der Revolution –«

»Nicht ganz: Humanitätsemphase ist meine Sache nicht. Ich bummelte danach lieber durch Südeuropa – und landete eines Tages in Ägypten.«

»Irgendwie habe ich den Eindruck, als ob in unseren Stimmen Unaufrichtigkeit, ein kursiver Ton mitschwänge.«

»Warum? Mein Großvater, längst tot, war vor vielen Jahren einmal Arzt in Kairo gewesen.«

»Als Deutscher?«

Der Zufall, das Salz des Schicksals, hatte sie in Weimar wieder zusammengeführt.

»Du lebst?«

»Wie du siehst.«

»Merkwürdig, ich dachte –«

Unter dem bedrückenden Dröhnen eines Polizeihubschraubers, der über dem Frauenplan in der Luft stand, bogen sie in die alleenartige, von Fußgängern und betulichen Radlern bevölkerte Schillerstraße ein, um zu dem Haus des schwäbischen Dichters zu gelangen. Auf einer improvisierten Theaterbühne agierten schreiend kostümierte, ultraeinsame Figuren, nicht weit davon lasen vor einer Handvoll Zuhörern stotternde Gymnasiasten unter gerade ergrünenden Ahornbäumen rührende, offenbar selbstverfaßte Aufsätze zu Schillers Intellekt und Moral vor. In den Sandwichbars hingegen herrschte Hochbetrieb.

»Alles Leute, die sich wie wir –?«

Léon lächelte:»Den einen reißt es bis an den Abgrund des Daseins –«

»Während der andere«, ergänzte Morbach, wieder in fragendem Ton,»ein Leben lang in den *Fun-Parks* der Parodie spazierengeht?«

»Und was gilt nun für welchen von uns beiden Müßiggängern, denen alle Literatur Imitat ist und ein Reigen kalauernder Formen, wie der Homeride Brecht einst so dämlich bemerkte? Mit einem Wort: Was macht dein Roman, und wie soll er heißen?«

»*Stiller Ausweg Nil.*«

»Gott: *Letzte Ausfahrt Brooklyn?*«

Franz lachte:»Eher *Stille Heimkehr.*«

»Du spinnst.«

»Nein, *es* spielt verrückt.«

»Du verblüffst mich.«

»Ja, es ist nicht der Pöbel, der über Langeweile klagt, offen nach Gewalt ruft und sich einen Spaß daraus macht, sich mit den Kritikern Schlachten zu liefern.«

»Und alles kommt uns so unausweichlich und bekannt vor, als hätten wir es aus uralten Geschichtsbüchern erfahren.«

»Peter Handke hat jetzt also einen Text zur Verteidigung von Slobodan Milosevic geschrieben –«

»Ein Museum in Washington hat die Briefmarkensammlung von John Lennon gekauft und will sie im Oktober ausstellen.«

»Wo verstecken sich da Zusammenhänge?«

»Wahrscheinlich in einer Endlosschleife.«

»Meinen achtundzwanzigsten Geburtstag vor einem Jahr habe ich in *Auerbachs Keller* begossen. Danach: Schluß mit dem Dichten.«

Schweigend trotteten sie weiter. Vor Schillers Wohnhaus hielten sie inne.

»An dieser Stelle hat er eine Woche vor seinem Tod noch mit Goethe geplaudert.«

»Mir scheint, wir beide sind das gewesen.«

»Ja, ich erinnere mich.«

In der Tat konnte man sie sich als intime Freunde vorstellen, beide waren nahezu identisch gekleidet: schwarze Jeans, schwarze Lederjacke, meerblaues Hemd und schwarze Halbschuhe. Die dunkelblonden Haare trugen sie gelockt, windzerzaust, lang und genialisch fast bis auf die Schultern hinunter. Selbst zwölfjährige Mädchen sahen sich tuschelnd nach ihnen um.

»Ich zähle mich«, nahm Morbach eine scheinbar verloren gegangene Frage Léons wieder auf, »zu den jungen *Kitschiers*, den verwöhnten und eitlen Luschen beiderlei Geschlechts, die mit immensem schriftstellerischem und medienkonformem Aufwand Köpfe hängen und Nebel fallen lassen und treu der Devise *nichts Aufstörendes, keinen Schmerz, keine Politik und erst recht keine Ästhetik* warten, antichambrieren, warten, intrigieren und jede Gesinnung, alles so wunderbar Schillersche, lachend, eher krakeelend, von sich weisen.«

»Freundlicher ausgedrückt«, erheiterte sich Léon:»In gewisser Weise bildet ihr instinktiv, vielleicht auch kalkuliert, jedoch nie empört, in diesem peinlichen Schmierentheater das scheinbare, von den Medien bestellte Gegenstück zu den Schrecken der Krimi-, Grusel- und Horrorkultur des Fernsehens.«

Morbach war, wie er jetzt, da sie symbolsüchtig – während der zweihundertsten Wiederkehr von Schillers Todestag, in der Sterbestunde zwischen siebzehn und achtzehn Uhr, hatten sie sich zehn Minuten lang betont elegisch in dessen Arbeitszimmer herumgedrückt – im *Weißen Schwan* saßen und Nordhäuser Doppelkorn und Radeberger Pilsner in sich hineingossen, erzählte, in Tuttlingen aufgewachsen und bei einer Klassenfahrt nach Buchenwald durch Zufall auf die Wahrheit über seinen Großvater gestoßen. Im Begleitband zur ständigen historischen Ausstellung»Konzentrationslager Buchenwald« sei es vermerkt: *Franz Kächele, 13.3.1912 in Donaueschingen als Sohn eines Kirchenmalers geboren, 1916 Vollwaise, Adoption durch die Kaufmannsfamilie Kächele, 1931-1933 Medizinstudium in Freiburg, 1933-1935 Gelegenheitsarbeiten als Organist und Privatlehrer, 1935-1938 Medizinstudium in Freiburg, 1939 Promotion zum Dr. med. mit einer Dissertation, die weitgehend von Häftlingen verfaßt wurde, 1940 Assistenzarzt, 1941 Chefarzt im Krankenhaus Sigmaringen, 1941 Einberufung zur Waffen-SS, 1942 Truppen- und Lagerarzt in Buchenwald, Versuchsoperationen und Ermordung von Häftlingen durch Injektionen, 1943 Lagerarzt im KZ Dachau, im Herbst 1944 Namensänderung auf den Namen Morbach, den Namen seines leiblichen Vaters, und setzt sich im Dezember nach Spanien ab, 1953 Arzt in München, 1958 Ermittlungsverfahren, Flucht nach Ägypten, Eröffnung einer Praxis in Maadi bei Kairo, dort 3.5.1997 Tod –*

»Köpfe und Leiber der anderen verschmolzen zu einer Woge von absolutem Schwarz, nur eine Flamme, von der ich nicht wußte, woher sie rührte, zerriß in flackernden Abständen das Dunkel, als ich das las. Was mich zu Boden warf, teilte ich niemandem mit. Paranoid schizophren nannten die Ärzte mich, wie immer, wenn sie nicht wissen, was sie machen sollen mit Verzweifelten oder Idealisten. Unzurechnungsfähig und verwirrt halten mich seitdem auch Eltern und Geschwister. Inzwischen trinke ich wieder.«

Und Léon erinnerte sich, daß Großvater Spielmann, wie in jenem von der Gedenkstätte Buchenwald herausgegebenen Buch zitiert, den Namen seines Peinigers mit *Kächele* angeben hatte. Gegen Mitternacht waren sie zum *Elephanten* getorkelt, Léon, ganz korrekt, hatte für Morbach ein Zimmer gebucht, vor dessen Tür sie sich gegenseitig zu einem »letzten Schluck des Vergessens aus der Minibar« überredeten. Sie hatten den Fernseher eingeschaltet und nach wenigen – erwartet öden – Minuten über Pay-TV einen heterosexuellen Pornofilm gewählt, der sie bald in jenen Rausch von Gier und Geilheit versetzte, in dem man – ohne auch nur entfernt etwas von Aschenbachs Verfallenheit an den schönen Tadzio zu empfinden – vor nichts mehr Halt machen will.

Als Léon sich am Morgen taumelnd erhob und den schlafenden Morbach nackt, mit seiner starken Erektion den ägyptischen Osiris oder auch den griechischen Apoll präfigurierend, daliegen sah, durchrieselte ihn im ersten Moment das schiefe Lächeln vergnüglicher Ungläubigkeit. Er zog sich leise an und schlich, vom hämisch grinsenden Mozart geleitet, durch die leeren Flure auf sein eigenes Zimmer. Dort jedoch holte ihn – *als hätten wir's auf einer KZ-Pritsche miteinander getrieben!* – die ganze Wucht des Geschehenen ein und jagte ihn, nachdem er sich erbrochen hatte, mit fliegenden Fahnen an die frische Luft: Durch tiefe Atemzüge wollte er sich beruhigen und *mit Schillers Reinheit vollpumpen*. Aber gleich das erste Schulmädchen, das er im Frühlicht erblickte, war ihm die süßeste Augenweide und weckte in ihm – nach so viel muskulösen und unappetitlichen Mannstums – das Verlangen nach dem Körper einer Frau. Seine Blicke entblößten Brüste und Hüften der zu Marktbetrieb, Arbeit und Unterricht Strebenden und saugten und leckten daran, dann malte er sich die in der Bewegung des Gehens wie Kiemen atmenden Löcher und Spalten aus und versenkte darin mit der Kraft seiner verzweifelten Phantasie Zunge und Glied. So strolchte er bis zum Theaterplatz, wo die übermenschlichen Dichterfürsten, wie ihm schien, ihre Hosen öffneten, ihn vom Denkmal herab bepinkelten und ihm – grell hob sich der eifrige Diskant Schillers vom selbstgefälligen Grollen seines kleinwüchsigen Freundes ab – erklärten:»So haben wir die Doppelnatur des Lichts entdeckt«, woraufhin Léon in der Hoffnung, Morbach beim Frühstück anzutreffen, wie erlöst zurück ins Hotel eilte.

»Im Weltenraum waltet Vernunft, in der Natur Harmonie. Das waren Gleise in den Orient, nach Ägypten.«

Er verstummte, als er bemerkte, wie düster Morbach ihn anstarrte, ignorierte es und plauderte trotzig weiter:»Besäße ich die große Gesundheit des Schreibens, würde ich den Begriff einfach vernichten und in Kunst verwandeln, was zwischen uns vorgefallen ist, aber so?«

»Sechzig Jahre nach Kriegsende stecken wir, ausgereift in Autismus und Introversion, in einer krankhaft deformierten, das Auge beleidigenden Ästhetik fest. Nie hatte Schiller mehr recht als heute: Unsere Kultur ist – wie wir, die wir nur Elementarteilchen einer wahnwitzigen Vergeblichkeit sind – paranoid und überfordert.«

»Und die Jung-Dichter füllen ihre Seiten vor allem mit kleingehacktem Fernsehmaterial auf!«

»Ja, manche Vorurteile verdienen es, sorgfältig gepflegt zu werden. Man macht sich keine Vorstellung davon, wie *primitiv* die meisten Prominenten sind. Vom amerikanischen Präsidenten bis zu jenem weltbekannten ehemaligen und mit einem millionenschweren Spitzensportler verheirateten *Spice-Girl*, was immer das auch sein mag, das von sich sagt: Ich habe in meinem ganzen Leben noch kein Buch gelesen, ich habe einfach nicht genug Zeit dafür. Ich höre lieber Musik, ich lese gerne Modezeitschriften. Guck dir ihre Interessen an und du merkst, wie weit diese schäbigen Fernsehprodukte vom Begriff des – evolutionär verstanden – *höheren Wesens* entfernt sind.«

»Im Grunde gleichen wir Tiere uns alle.«

»Was soll das Gewäsch?«

»Von *Nofretete*, vielleicht weißt du das nicht, gibt es eine Statuette, die sie als gealterte, erschöpfte Frau mit schlaffen Mundwinkeln, flachem Busen, ödematösen Beinen zeigt.«

»Dein Übergang vom freien Assoziieren zum Denken ist mir zu hoch. Wir sollten endlich –«

»Und der König – ich spreche von *Echnaton* – erscheint je nach Blickwinkel welk oder blühend, schön oder verlebt, viril oder androgyn.«

»Du bestreitest doch nicht die Richtigkeit der Relativitätstheorie?«

»Im Gegenteil: Was hältst du davon, eine Weile hier zu bleiben und Weimar zum neuen Wohnsitz zu machen?«

»Drei Jahre vor seinem Tod schrieb Kafka an Max Brod, daß er umherirre wie ein Kind in den Wäldern des Mannesalters.«

»Das war Kafka, die arme Sau.«

»Ich werde über den Balkan nach Istanbul und von da mit dem Taurus-Expreß nach Damaskus reisen«, sagte Morbach und stand auf.

Beim Abschied glitzerte in zwei der vier sich musternden Augen das Bedauern, daß man sich nie wiedersehen werde, in den anderen die Genugtuung darüber.

Wie ordne ich das alles und wohin soll ich gehen? Die ganze Welt steht mir offen: Machu Picchu, die Serengeti, Shanghai. Doch in Machu Picchu treffe ich dann auf deutsche und japanische Touristen, die sich nach dem raschen Fotografieren über thailändische Bordelle unterhalten, in der Serengeti begegnet mir Mr. Ali, der das in islamischen Ländern übliche Salwar-Hemd über Jeans und Cowboystiefeln trägt, eine Gebetskappe auf dem Kopf hat und nach Alkohol riecht, und in Shanghai gerate ich mit Sicherheit in das Blechblasgetöse einer von Weltraumexperten besuchten bayerischen Bierstube. Ich beneide Morbach um seine Zeitreise – wenn er sie denn unternimmt – durch das hethitische, das sumerische, das babylonische und assyrische, das biblische, griechische und arabische Reich. Oder tritt er sie im Gedenken an Kaiser Wilhelm an, der diese Bahnstrecke bauen ließ, will er damit jene deutsche Geschichte besichtigen, in der ein Großvater noch die Chance hatte, Arzt und nicht Folterteufel und Mörder zu sein? Anderes sehen und erleben wollen, weil sein Eigenes so erbärmlich ist, wäre ein weiterer Grund für ihn. Doch wächst dem Tumben aus dem Erlebten wahrscheinlich gar kein Gedanke, und somit wäre es Unsinn, ihm zu raten, nicht durchs Internet, sondern erst einmal durch die Werke großer Schriftsteller zu reisen. Nie sehnte ich mehr eine Verwandlung herbei als jetzt. Reicht es nicht, mich endlich meines Verstandes zu bedienen? Ist es nicht jedem aufgegeben, sich selbst zu gestalten? Wir sind zwar die Erben, aber nicht die Stellvertreter unserer Großväter. Luxemburg habe ich vor Jahren besucht, doch außer dem Bankgeheimnis nichts Bemerkenswertes vorgefunden. Paris? Im Louvre – wie auch in den großen Bibliotheken – wird mir, weil der Blutfluß im Gehirn schockartig zurückgeht, schwindlig vor all der Meisterschaft, und ich verliere vollkommen das Gleichgewicht, weshalb ich mich danach in den Boulevardcafés mit Ricard, Bier und Wein betrinke. Nein, nur Weimar, Stätte der höchsten Dichtung und der schlimmsten Verbrechen und damit des tiefsten durch die Menschheit gehenden – und sie am genauesten charakterisierenden – Risses, ist der Ort, am dem ich, kaum mehr lebensfähiges Produkt der Dekadenz des zwanzigsten Jahrhunderts, mich finden kann, indem ich, beispielsweise, neben dem lockeren Briefwechsel zwischen Goethe und Schiller den Roman eines Schicksallosen von Imre Kertesz –

»Wie töricht von mir! Ich nehme den nächsten Zug und fahre zurück nach Berlin.«

4

Franz Morbachs Vater Anselm, 1946 als Sohn des Arztes und
Naziverbrechers Kächele von einer Kellnerin aus Tossa de
Mar in Barcelona geboren und im Alter von zwölf Jahren von
jenem vor dessen Flucht aus München nach Ägypten einem
württembergischen Internat anvertraut, hatte nach zwanzig elternlosen, eisern durchgestandenen Jahren in Rottweil
eine Kinderarztpraxis eröffnet, die er heute noch unterhält.
Dem zartbesaiteten Sohn aber hat er – dies nie begründend,
auch seiner Ehefrau gegenüber nicht, einer einfachen, an der
Weltanschauung des Putzens und Kochens orientierten Tü-
bingerin, welche das Fernsehen als Guckloch ins Paradies
anstaunte und in ihrem hübschen Sohn die Verkörperung
menschlicher Verkommenheit erblickte – so viele Freiheiten
eingeräumt, daß Franz, begabt genug, die Schule nebenher
zu erledigen, vor allem in den Lufträumen der Streuner und
Träumer spazieren gehen konnte, wo er die Zärtlichkeiten
suchte, die er von der Mutter nie erfahren hatte. Hurtig zupfte und schnupperte er schon als Zwölfjähriger an den grünen Pflänzchen herum, und nach der Konfirmation wußte er
längst, wie man im Gebüsch oder hinter einer Hecke bis zur
duftenden Blüte vorstieß. Insofern er sich meistens an den
Wahrheiten vorbeischlängelte und sich mit faulen Erklärun-
gen begnügte, führte er ein ganz normales Leben und tauchte auch bald in die alles schluckenden Nebelwände, die sich
mit Hilfe des Alkohols so leicht auftürmen lassen. Seit jenem
ersten Besuch in der Gedenkstätte Buchenwald vor zehn Jahren aber, als die Geschichte brutal in seine verhätschelte und
peinlich bornierte Welt einbrach, wand Franz sich durch ein
Dickicht ganz neuer Fragen, die weder Schule, noch Elternhaus, noch er selbst zu beantworten vermochten.

Anstandslos hatte ihm der Vater das verlassene Bahnwär-
terhäuschen bei Herrenberg gekauft, das der Abiturient, der
nach einigen vergrübelten Wochen mit einem Mal Schriftsteller werden wollte, sich als Exil ausgesucht hatte, und ihm
eine Apanage bewilligt. Nur ruhmsüchtig durfte Franz vorerst nicht sein, mußte unter allen Umständen Aufsehen, gar
Erfolge vermeiden, damit sich kein Feuilletonist anschlich
und herausfand, daß er der Enkel einer Bestie war. Fünfzehn
Jahre – »und kein Fernsehen in dieser Zeit, davon bekomme
ich die Krätze in den Augen« – wollte er dies durchhalten,
und dann würde ein Buch erscheinen, »um dessentwillen
man sich meiner immer erinnern wird«. *Detestabel* nennt
Franz neuerdings die jüngste, seiner Ansicht nach selbstge-
fällige und seichte – weil hauptsächlich an Comics, Popmu-
sik und digitalem Spielzeug orientierte – Autorengeneration,
zu der er sich *nolens volens*, seines Geburtsjahres '76 wegen,
zählen mußte. Doch sich zu »*philosophischem Geschwafel*« und
»*intellektuellem Gehabe*« – Begriffe, die von der Mehrheit inzwischen als Schimpfwörter benutzt wurden – zu bekennen,
hielt er nun allemal für das angemessenere, wichtigere Verhalten, »ästhetischer im Schiller'schen Sinne«, als wenn er
dem Zeitgeist, diesem Rattenfänger, hinterherhechelte und
Moral, beispielsweise, durch das unsägliche Internet ersetz-
te. Es waren keine Stammtischbrüder, sondern junge, laut-
starke Schriftstellerkollegen, mit denen er im Berliner *Zwiebelfisch* aneinandergeraten war: »*Hat der Fortschritt verläßlich
der Menschheit gedient und den einzelnen, als Person, seiner Würde entsprechend, vorangebracht?*« Bei dieser Frage schüttelten
sie verwundert den Kopf. Wußten sie wenigstens etwas mit
Exotischem wie Aufklärung, Demokratisierung, Emanzipation anzufangen? Da lachten die verirrten Medienkinder ihn
aus. Emphatisch hatten sie ihn noch vor wenigen Minuten
um den Großvater, der ein so *cooles, mit action angereichertes*

Leben gehabt habe, beneidet: »*Von Buchenwald nach Kairo, Wahnsinn, Wow!*«

Abwechslung in seine selbstgewählte und trotzig genossene, durch weite, einsehbare Obstwiesen abgesicherte Isolation an der wenig befahrenen Bahnstrecke Stuttgart-Zürich wußte er, abgesehen von seinen Reisen, über die er den Postboten und die Polizeiwache zu informieren pflegte, sorgsam und verstohlen zu inszenieren. Weil er gelegentlich erst zu nachtschlafener Zeit seinen schwarzen Golf-Cabrio durchs Dorf nach Hause steuerte, war im Ort bald herum, daß er sich in Böblingen, »vornehm ausgedrückt, vermögenden älteren Damen zur Verfügung stellt«, weshalb die einheimischen Rotznasen ihn als rätselhaften *Sonnenkönig* bestaunten, während die pubertierende Jugend ihn kess zum erotischen Abenteurer und Helden beförderte, was ihm, als er es erfuhr, völlig verdreht erschien. Bewegte er sich mit seinem barmherzigen Verhalten doch innerhalb der üblichen Grenzen.

Ach, warum war er dem liebenswürigen Léon nicht ehrlicher entgegengetreten? »Daß Mütter – junge, alte, mollige, schlanke, hübsche, häßliche, geile, frigide – sich von mir so gern lieben lassen, gibt mir den Halt, den ich zum Schreiben brauche«, hatte er getönt. »Vielleicht«, hatte Léon seufzend erwidert, »suchst du auf charmante Weise auch nur den Alltag zu finden, der für dich sonst nahezu unerreichbar ist.« Und als der Gefährte dann, sich auf Handke berufend, beteuerte, nur in der Ferne käme er zu sich, hatte Franz ihm feige zugestimmt, obwohl er immer nur dann unterwegs sein wollte, wenn er sich und das seltsame Erbe des Großvaters zu vergessen suchte, was ihm in Weimar natürlich nicht gelingen konnte: *Das* aber hatte er des unnötigen, absurden, vor zwölf Monaten in sentimentalster Weise – weil alkoholisiert – verabredeten Treffens mit Léon wegen in Kauf genommen:

damit dieser nicht ungehalten oder mißtrauisch werde, denn *Weimar* stand nun mal im Bewußtsein des tagblinden Idealisten fälschlicherweise zuerst für Kunst und Kultur. Er hätte Léon nicht vortäuschen dürfen, daß er ein Misanthrop sei und aus Haß schriebe. Er hätte Léon gestehen sollen, daß in dem Augenblick, als er, blindwütig betrunken, ihn brutal penetrierte, er seinen eigenen Großvater erdolchte und daß dessen Schmerzensschreie es waren, die ihm die Befriedigung brachten. Er hätte Léon auch nicht weismachen dürfen, daß er daran denke, bald nach Istanbul oder Damaskus zu reisen –

Er lehnte sich aus dem schrägen Dachfensterchen und spähte über die Schienen hinweg in die Ferne. Irgendwo dort draußen im gefälligen Gäu war einst ein KZ angelegt worden, im Boden hat man neben Kämmen aus Linealen, Aluminiumblechen und Hartgummi nichts als Knöpfe, Häftlingsmarken und Zahnprothesen gefunden: *Da wurde nur noch gestorben.* Nach dem Krieg ließ man Gras über den lästigen Schreckensort wachsen, pflanzte Bäume und zog einen Zaun. Franz erblickte die dahinkriechende Schnecke, aus der im Nu der große, metallische Gliederwurm eines Zuges wurde. Er lauschte dem anschwellenden Fiepsen und spürte gleichzeitig eine diffus in ihm hochkriechende Scham: Warum bloß hatte er die jungen Autoren – »Herrgott, sie sind doch Mitstreiter, fast alle talentierter als ich!« – als Maschinenhirten, wie Günther Anders sie beschrieb, diskriminiert? War er zu unbeholfen, um die richtige Formulierung zu finden? Nein, die Situation war es, die nicht der Wahrheit entsprochen hatte: der brave Léon hatte, was seine Familie betraf, wahrscheinlich gelogen.

Der »Cisalpino« nach Mailand schoß mit einem langgezogenen, hündischen Lustschrei hinter den sich duckenden Büschen vorbei, und Franz' einsames Selbstgeschwätz, wie von einem blitzenden Schwert durchbohrt, sank zu Boden. Er nahm es dankbar zur Kenntnis:»Genug des Kursiven, und endlich der aufrechte Gang!«

Am Abend braust er unguten Gefühls über die A 81 nach Rottweil, um seine Eltern zu besuchen. Sie erwarten ihn auf dem frisch gemähten Rasen ihres von hohen, karbolineumgetränkten Palisaden geschützten und penibel aufgeräumten Obst- und Gemüsegartens hinter dem Haus, einer kürzlich renovierten klassizistischen Stadtvilla, nicken ihm zur Begrüßung zu und lassen sich in die weichgepolsterten weißen Kunststoffschalen sinken:»Um eins haben wir die Praxis geschlossen, deine Geschwister mit ihren reizenden Frauen und Kindern waren am Nachmittag zu Kaffee und Kuchen hier, wir glauben auch, daß du unsere finanzielle Unterstützung jetzt nicht mehr nötig hast.«

Der Vater wird neunundfünfzig, gegen ein Geschenk hat sich Anselm Morbach verwahrt, aber er beginnt sofort zu reden und leise über»Homosexuelle und Transvestiten, Pornografen und fetischisierte Stars« herzuziehen und auch über»jene, die unterm Strahlenschutz eines metaphysischen Überbaus« – er denke an so»Weltfremdes wie Freiheit, Gleichheit, Brüderlichkeit« – sich»ungeniert im Bundestag die glitzernden Narrenkappen«aufsetzten. Die Mutter starrt währenddessen vor sich hin und sortiert mit ihren dicken, rissigen Fingern unsichtbare Erbsen oder Linsen, dann wirft sie, bevor sie aufsteht, um müde wegzuschlurfen, ihrem Sohn ein ganzes Bündel betrübter Blicke zu.

»Schiere, wortblöde Banausen wie Rennfahrer, Fußballer oder Tennisspieler«, schimpft der Vater, sobald sie verschwunden ist,»werden in diesem Land zu Vorbildern erhoben, wie Lackaffen eingekleidet und ins Rampenlicht gestellt, aus meiner Abiturklasse gingen Ärzte, Apotheker, Betriebswirte, Verlagsmanager, Banker, Architekten, Juristen, Unternehmer, Lehrer und Universitätsdozenten hervor, keine Achtundsechziger, Bohemiens, Depressive, Charismatiker, Antiklerikale und Kinderschänder«, weshalb Franz ihn mit der Bemerkung »Nacht über Nippon« unterbricht und, die Konfusion weiter anrührend, in die mißtrauischen Augen des Vaters hinein »sechster August fünfundvierzig, acht Uhr sechzehn, Hiroshima verglüht im atomaren Feuer« vermeldet und, zum Haus hin deutend, erzählt, daß der Pilot zu Ehren seiner Mutter die bis dahin anonyme B-29 auf den Namen »Enola Gay« getauft habe, was den Vater dazu bewegt, nahe an den Sohn heranzurücken und ihm *»wenn auf einem Triptychon neben dem Crucifixus eine weibliche Gekreuzigte hängt, handelt es sich um erbärmlichsten Kitsch, der höchstens nach Las Vegas paßt, es sei denn, der Maler ist ein echter Künstler und weiß überzeugend darzustellen, daß die gefolterte Dame aus jenen überflüssigen Kreisen stammt, in denen man mehrere Lusthäuser in den schönsten Gegenden der Welt hat, als Stammgast jedes Jahr in Salzburg und Bayreuth einschwebt und seine Kinder auf Internatsinseln schickt«* ins Ohr zu flüstern, seine Hand auf Franz' Unterarm zu legen und den Sohn – immer schmerzhafter dessen dünne Muskulatur umkrallend – mit einem von hellem, verzweifelt holperndem Gelächter gewürzten Wortsalat zu verabschieden: »Was aus uns allen geworden ist, dem Großvater sei Dank, und wie er immer wieder erklärte, es falle in die Sparte Kultur, mit einer schönen Frau zu schlafen.«

Sommer, die Sonne widersetzt sich dieser abwegigen Realität und will nicht untergehen, aber ich, die Hand am Steuer des Golf, kurve vergnügt durch den düsteren Raum meiner lichtlosen Existenz. »Mercedes, Vater, hör bitte gut zu, fuhr ich in einer Gegend herum, in der man nur erschüttert ist, wenn die goldene, über allem leuchtende Konzernspitze über Nacht von rostfarbener Korruption überzogen ist und jeder in den Ruf ›Was brauchen wir eine Kanzlerin, wenn wir keinen Daimlerchef haben?‹ ausbrechen will. Andere Dinge, etwa daß man irgendwo weit weg, bei den Schwarzen oder auch Arabern, den Mädchen die Geschlechtsorgane verstümmelt und im Irak schwäbische Feuerwaffen, die gleich nebenan im Akkord hergestellt werden, einsetzt, kümmern dich ja nicht. Mich auch nicht besonders, zugegeben, nur: warum können wir nicht darüber reden? Wenn einem Türken im Dorf aber aus Versehen ein Apfel aus der Einkaufstüte fällt, wird dieser zur Panzerfaust, und der Mann – seine Frau trägt ein Kopftuch – gehört ab sofort, auch unter deinem Dach, zum Kreis der Terroristen. Du protestierst? Mama und die Geschwister auch? Früher – ich gerate ganz durcheinander – zählten die Arbeiter unserer Autofirma zu den glücklichsten der Welt, jeder bekam einen Dienstwagen und ein Haus mit Garten in Sindelfingen oder so. Heute sind sogar die Betriebsräte bestochen, morgen werden es die Arbeiter sein und den Konkurrenten in Köln, Wolfsburg und München als Zulieferer dienen, indem sie in ihrem ehemaligen Spitzenprodukt Fehler um Fehler einbauen. Ihr lächelt alle, macht mir Mut? Na dann: Ein portugiesischer Taxifahrer hat mich neulich, als der Golf in Reparatur war, von Böblingen nach Hause gefahren. Mercedes ist seine Tochter. Wir werden bald heiraten.« »Hysterical realism«, nicken alle zufrieden. »Stimmt, eine kleine erfundene Geschichte, die heute in der Sindelfinger Zeitung steht: Mein Geburtstagsgeschenk, Vater.« Er umarmt und küßt mich, die Mutter tut es ihm nach, wie auch die beiden älteren Brüder und die jüngere Schwester.

Es war dunkel, als Franz vor seiner Eremitage hielt, doch im Tunnel seiner Wirklichkeit herrschte stechendes Licht.

»Inmitten einer Welt der Sorge wurden Pyramiden und Kathedralen errichtet. Aber auch dabei ging es nicht um Wahrheit, sondern um Mehrheit und Macht, und in einem solchen Gehäuse nistet nun einmal diese hinterlistige und teuflische Schläue, mit der Gott den Menschen geschlagen hat. Sechsundsiebzig Prozent der doch eher obrigkeitsgläubigen Deutschen halten unsere Volksvertreter für unehrlich, wenn nicht sogar kriminell. Die Schriftsteller haben dazu nichts mehr zu sagen, Maler, Schauspieler, Bildhauer und Musiker sowieso nicht, und die Journalisten, vor allem jene des Fernsehens, erweisen sich ebenfalls als angepaßte Dampfplauderer. Durch die Hallen von Kunst und Kultur stolzieren fast nur noch, dem Fähnchen ihres Führers hinterher, Banausen. Sie beglotzen die pergamentdünne Haut, die aufgedunsenen Bäuche und die vergreisten Gesichter afrikanischer Kinder und spielen für zwei bis drei Sekunden die Betroffenen. Dabei gibt der reiche Teil der Welt mehr Geld für Hundefutter aus – von Schickimicki-Restaurants, Golfplätzen, Ferraris und Prunkvillen abgesehen – als für die Hungerhilfe. All das steht verstreut in den Zeitungen, aber niemand faßt es zu einem wirkungsvollen Aufschrei zusammen. Niemandem gelingt es, dafür eine Metapher, ein Symbol oder eine Allegorie zu finden, welche imstande wären, der Menschheit zur Einsicht in ihre verlogene Gesellschaftsstruktur zu verhelfen. Im besten Falle illustrieren die Künstler und Literaten – Filme über Hiroshima, Bücher zu Auschwitz – das Entsetzliche.«

»Das wahrzunehmen auch nur der Mensch fähig ist. Andererseits: Gibt es Glückseligeres, als in den bezaubernden Düften eines fremden Bettes neben einer erregend schönen, im Schlaf dir vertrauensvoll zugewandten, dir bis vor wenigen Stunden noch unbekannten Frau aufzuwachen und sich der genossenen Köstlichkeiten zu erinnern? Doch dies, ich gebe es zu, ist eher selten. Nach Routineeinsätzen – von vorn, von hinten, oral, viel zu selten rektal: oft brauche ich meine ganze Konzentrationsfähigkeit, um überhaupt eine Erektion zustande zu bringen – räume ich das Schlafzimmer so früh wie möglich. Der Geschlechtsverkehr unterliegt den gleichen Alltagsnormen wie Essen, Trinken, Lügen, Versprechen, Verdauen und Ausscheiden. Mit diesen irrlichternden Bedingungen komme auch ich nicht mehr zurecht. Während des Gesprächs mit meinem Vater lag die ganze Zeit über Ian McEwans *Saturday* auf dem Tisch, aber keiner traute sich, darauf einzugehen; zur gleichen Zeit fand John Lennons handgeschriebenes Manuskript von *All you need is love* in London bei einer Auktion für achthundertsiebzigtausend Euro einen Käufer. Wer sich das leistet, egal ob Spitzensportler, Popstar, Mafiaboß oder Unternehmer: Was für eine Perversion! Wie versaut muß eine Zivilisation sein, die solches erlaubt! Wir beide, Léon, haben sie – Entschuldigung – von unseren Vätern geerbt. In meiner Erinnerung taucht ein Foto auf, das die unheilvolle Allianz zwischen Politik und Industrie – die menschliche Verworfenheit – verdeutlicht: Hitler besucht 1938 den Stand von Mercedes-Benz auf der Automobilausstellung in Berlin; zweiter von links Goebbels, verdeckt neben ihm Göring, dann Jakob Werlin, Vorstandsmitglied der Daimler-Benz AG, in SS-Uniform; alle bei glänzender Laune. Ähnliche Aufnahmen findest du jeden Tag auf dem Bildschirm oder in den Gazetten. Und das haben wir gemeinsam, Léon: Von solchem Pack wollen wir uns nicht in die Pflicht nehmen lassen! Unser heiliger Zorn auf –«

»Na!«

»Gut – selbst meinem Vater merkte ich ein gewisses Unbehagen an, Heimatverlust, Identitätszerfall, Einsamkeit. Meiner Mutter hingegen nicht. Was soll ich nun – abgesehen von einer anhaltenden Schreibhemmung, die das öffentliche Gerangel um die neue Orthographie schon vor Jahren bei mir ausgelöst hat – herausfiltern aus meinem Bewußtsein, das sich ja hauptsächlich aus fremden Quellen nährt? Mit wie viel Lüge ist deren Wasser verseucht? Ja, worauf beruht eigentlich meine Situation, wenn nicht auf einer einzigen, riesigen Abfuhr? Soll ich mir aus Romanen und Reiseführern ein Geflecht aus Spionagewinkelzügen, Verwechslungen, Familiendramen und Verfolgungswahn zusammenklauben, soll da einer zwischen Alkoholismus und Anarchie oder Kirchenbank und Spießertum – was auf dasselbe hinausläuft – durch Kneipen und Sandwüsten stolpern? Soll der Held es mit russischen Prostituierten in St. Petersburg, griechisch-orthodoxen Mönchen auf Karpathos oder im Swinger-Club von Nebringen mit den Töchtern von Fleischer, Polizist und Postbote treiben? Soll ich in meinem Werk mich selbst als drittklassigen Schriftsteller verspotten? Oder soll ich erzählen, daß die Gattin des Vorstandsmitglieds beim Bumsen *Wiener Walzer* hören will und die Frau Pastor *Je t'áime?* Soll ich gestehen, daß ich der Bibliothekarin, während sie eine Etage tiefer an mir zu knabbern beginnt, aus dem *Kleinen Prinzen* vorlesen muß? Oder geschah es umgekehrt? Soll der Bomberpilot von Dresden oder der Fahrer eines Lastwagens, in dem Vergasungen stattfanden, denunziert werden, oder soll ich meinen und deinen Großvater zu Protagonisten erküren und von der bösen Geschichte ihres Aufeinandertreffens auch noch profitieren? Soll ich mich dabei dem Autismus der deutschen Kultusminister anschließen und mir grammatisch falsche, das Auge verletzende Wortungetüme und sonstigen Schwachsinn zur Regel machen? Was nützt mir das sogenannte Wissen meines Computers, wenn ich darin vergeblich nach menschlichen Seelen forsche? Ich verrate dir meinen Fall: Ein deutscher Dichter in Kairo versteckt sich unterm Bett seiner fiktiven Geliebten, einer überirdisch betörenden, sechzehnjährigen Ägypterin, und wartet, Punkt.«

Das Gespräch – Léon hatte eines Tages mit zwei Koffern vor Franz' Tür gestanden, als Geschenk eine Nofretete-Büste im Arm – fand bereits an Bord einer Egypt-Air-Maschine statt. Die Passagiere, zu Hunderten in den Jumbo gepfercht, hatten die Masken des Gottvertrauens und der Gelassenheit aufgesetzt, doch flackerte etwas in ihren Augen, das Léon, sich kichernd Franz zuwendend, als »Angst vor dem Verbrennungsofen« bezeichnete. Franz fühlte sich von Léons geschmackloser Bemerkung derart irritiert, daß er nickte, obwohl er nicht glauben mochte, was der Freund da geäußert hatte. Doch war nicht am Vortag in Sharm el-Sheik ein Touristenhotel mitsamt einer Vielzahl von Gästen in die Luft gesprengt worden? Und warum hatte sich heute früh, in den völlig überlaufenen Öden des Frankfurter Flughafens, keiner der zehntausend wohlig Erstarrten satt sehen können an den Zeitungsseiten mit dem fotografierten Höllenfeuer und den verkohlten, wie in Filmen malerisch übers Unglücksgelände verstreuten Leichen –?

5

Aus dem Mena-House haben sie die »Süddeutsche« mitgebracht. Darum bemüht, es so entspannt wie möglich auf dem wackligen Eisenstuhl auszuhalten, der vor einem halben Jahrhundert, wie »Ali Ahmed« – er heiße so, damit die Touristen sich seinen Namen merken könnten – grienend erzählte, in El-Alamein aus Trümmern explodierter und ausgebrannter deutscher Panzer geschmiedet worden sei, durchforstet Léon, bedächtig einzelne Passagen herausfischend und laut zum besten gebend, das Feuilleton, während Franz, auf einem

Plastikhockerchen wippend, sich damit begnügt, als Antwort boshafte Bemerkungen in die Wüste hinauszuschicken. Zwischendurch beugen sie sich – dankbar den Impuls des anderen aufnehmend – immer wieder vor, schlürfen ihren Tee oder saugen, da die Glut schnell zu verlöschen droht, fünf, sechs Mal hektisch und ungeschickt an der Wasserpfeife, um danach synchron auf den geröteten Nasenrücken wieder ihre Brillen mit den schwarzdunklen Gläsern zurechtzurücken. Ein einziger, an der Außenwand der Lehmhütte angebrachter, bräunlich ausgetrockneter Palmwedel soll sie vor der Sonne schützen, doch über ihre Gesichter huschen nur – wie Eidechsen – kleine, lebhafte Schattenpartikel. Der schmale, lediglich mannshohe Eingang ist mit glitzernden Perlschnüren verhängt, darüber hat Ali Ahmed die gelb und rot blühenden arabischen Schriftzeichen, die so treffend »Inselrose«, den Namen des Hauses, darstellen, mit dem leer und fremd anmutenden Wortbild »Caffé« verunziert. Nordwestlich von ihnen, vielleicht einen halben Kilometer entfernt, erhebt sich das Plateau mit den Ameisenstraßen unter den drei Pyramiden –

»Im vergangenen Jahr verließen nach Auskunft des Statistischen Bundesamtes« – Léon hob die Stimme – »hundertfünfzigtausend Menschen Deutschland, so viel wie noch nie seit Gründung der Bundesrepublik.« »Um, in diametralem Gegensatz zur tradierten fiktionalen Komposition, Platz zu schaffen für die den Bereich der Romankultur sprengende historische Kontingenz?«, fragte Franz. Léon blätterte, auf der Suche nach einer hinterlistigen oder gar kryptischen Antwort, die Feuilletonseiten um: »Haben so einsame Wesen wie wir jemals Angst vor dem Tod?« »Auch Kafka hat sich unter seinen Mitmenschen oft als Gespenst erlebt«, antwortete Franz. »Gleich einem, der, welch unwürdiges Dahinsiechen, die Kunst der Levitation beherrscht?« »Siehst du den Dragomanen über die Düne galoppieren?«»Du mit deiner bornierten, sich an Camus- und Foucault-Zitaten entlanghangelnden Wissenschaftsprosa!«»Und wer ist nun in seinem freiwilligen englischen Exil im Alter von siebenundfünfzig Jahren bei einem Autounfall ums Leben gekommen?«»Gottfried von Cramm, es passierte jedoch auf der Wüstenstraße zwischen Kairo und Alexandria.«»Nabokovs Grenzgänger?« »Sebalds indirekte Selbstbespiegelung.«»Was liest du da?« »Bemerkungen zu unserer seltsamen Zufallsbegegnung.« »Vergeblich und dumm, sich gegen das Unabwendbare zu wehren: Ich meine den unsichtbaren Atompilz über den Pyramiden.«»Thomas Mann vermerkte am 6. August 1945 in seinem Tagebuch neben dem Kauf von weißen Schuhen den Bombenabwurf über Hiroshima, während die Opfer ihm keinen Gedanken wert waren.«»Brecht wiederum befürchtete, sein Galilei-Stück könnte durch das fernöstliche Drama in Mißkredit geraten.«»Geht mir genauso. Für uns Großschriftsteller abstrahiert sich die Bombe zum Drama des modernen Physikers, geprägt von faustischer Hybris.«»O Gott! Daher haben die wirklichen Entsetzensschreie von Japan nirgendwo in der deutschen Literatur ein nachhallendes Echo hinterlassen.«»Der Feuilletonist *an sich* meint dazu, das Ereignis entziehe sich sowieso jeder Beschreibung.«»Treffender kann man das Salz des Zynismus kaum würdigen.«»In den Vereinigten Staaten neige man, lese ich, bis heute dazu, die Nuklearwaffeneinsätze als wissenschaftlich-militärisch-logistische Großtaten zu sehen.«»Wir dagegen, nicht Schaffende, sondern gierige Konsumenten der kulturellen Reichtümer Ägyptens: Vielleicht verleiht dieser zarte Hinweis deiner Lektüre etwas mehr Würze.«»Kaum. Das Prinzip *Homo sapiens* ist die Katastrophe.«»Wie unsere Reise geradezu ein Sinnbild absurden, unvernünftigen menschlichen Verhaltens geworden ist.«»Wunderbar. Im Kleinen sind wir genauso bösartig verdorben wie die Schuldigen im Großen.«»Sicher.« »Vor kurzem erst ist die ganze Wahrheit über die Konzentrationslager öffentlich gemacht worden.«»Wirst du mich, und mit mir den wahnsinnigen Großvater in mir, töten?«»Aus diesem Grund – und mit deiner Zustimmung – sind wir doch hier.«»Denk daran: Als freiwillig emigrierter Deutscher begab sich Sebald, auf seine Melancholie wie auf die Traurigkeit des gefolterten Améry verweisend, recht unbefangen in eine Gemeinschaft mit lauter unfreiwillig emigrierten jüdischen Autoren.«»Weiter.«»Schluß.«»Wie sich doch über die Bühnen der spießbürgerlichen und avantgardistischen Theater gleichermaßen eine breite Spur von Täuschungen und Lügen zieht.«»Haben wir nun die feuchten Negative oder die bereits entwickelten Schwarzweißfotos betrachtet?«

Sie marschieren in die Wüste hinaus, bis sie eine Senke mit einem vertrockneten Dornbusch erreichen. Sie rollen die Zeitung zusammen, stecken sie in Brand, schleudern die Fackel, umtanzen das prasselnd lodernde Gesträuch, schreien hinaus, was sie von sich abstreifen wollen – »Chinas steiler Aufstieg hat Amerika in einen Schockzustand versetzt, die beiden Supermächte ringen um die globale Vorherrschaft, eine Zeitenwende kündigt sich an!«»Zur Rettung des Weltklimas hat der Handel mit Verschmutzungsrechten begonnen!«»Intrigen, Sex und Mord nun auch im Vatikan?«»Vor solchen Schlagzeilen sind wir geflohen, aber auch die Wüste schützt uns nicht mehr vor ihnen!«»Inzwischen wachsen auf allen Kontinenten pharaonische Monsterwesen heran!«»Wer sagt den Amerikanern, beispielsweise so verblendeten Patrioten wie Philip Roth, John Updike oder Jonathan Franzen, daß Hiroshima als der schlimmste Terroranschlag in der Geschichte der Menschheit angesehen werden kann!?«»Und was muß man aus der Tatsache schließen, daß jene Bombe, von den Militärs liebevoll *Little Boy* genannt, zum Ehrenbürger des

US-Staates New Mexico ernannt wurde und das Sands-Hotel in Las Vegas Wahlen zur *Miss Atomic Bomb* veranstaltete?« »Wessen Wahrheit wurde in der gleißenden Helligkeit des Atompilzes also am deutlichsten sichtbar?« – und lachen dabei, als sei das alles ohne irgendeine oder von ganz besonders tiefer Bedeutung. Ist es auch, in der Tat. Denn Franz wird von Schwindel ergriffen, er taumelt, verliert das Gleichgewicht, stürzt lautlos zu Boden und schafft es nicht mehr, sich zu erheben. Léon stutzt, geht langsam zu ihm hin – »Was müßte man als aufrichtiger Schriftsteller nicht alles in Angriff nehmen! Wäre es nicht unabdingbare Pflicht, in den Abgründen des Kapitalismus herumzustochern, die allgemeinen Verwerfungen, die Arbeitslosigkeit, das Versagen von Wirtschaft und Politik, ihr Pochen auf *maschinellen*, ihren Verzicht auf einen *menschlichen* Fortschritt wie ein Schwerthieb deutlich zur Sprache zu bringen? Tarnfirmen, Schmiergelder, Spesenbetrug, die Dinge eben, auf denen die Bundesrepublik gründet. Nein, nach all dem, was uns in den vergangenen Minuten an fauler Luft aus der modernen Zivilisation angeweht hat: Man müßte das Geschehen in die Wüste verlegen und einen lustigen Tierroman mit Löwen, Antilopen, Schlangen, Skorpionen und Mäusen schreiben!« – und schleift den kraftlosen Körper aus dem Dunstkreis des Feuers. Rührte, fragt er sich, der Anfall – sofern er echt war – daher, daß die Sätze und Sottisen, die sie in die Welt gebrüllt hatten, von irgendjemandem zurückgeworfen worden und in Franz' wehleidiger Seele explodiert waren? Hatte der Schwächling nicht damit geprahlt, daß nichts, was immer auch passierte, ihn umwerfen könne?

Auf welche Weise, überlegt Léon, nachdem er dem anderen unter derben Scherzen – »Kenn ich. Mach' dir nichts draus. Das kommt von der Sehnsucht, die das ständige Saufen und Wichsen erzeugt« – auf die Beine geholfen hat, wäre es möglich, Franz' Interessen und Ängste zu nutzen: Soll ich ihn so unter Druck setzen, daß er bereit ist, für mich zu schreiben und die Erzählung unter meinem Namen zu publizieren? Soll ich allein oder mit ihm zusammen nach Maadi – ohnehin das eigentliche Ziel meiner Reise – hinaus fahren, wo Großvater Kächele als Arzt gewirkt hatte und vor acht Jahren unter mysteriösen Umständen gestorben war?

Sie waren in die Cheopspyramide eingedrungen, doch während Léon sich als Glied einer keuchenden und schwitzenden Besucherschlange immer höher in das Gestein hinearbeitete, hatte sich Franz, schon im Eingangbereich von wachsender Panik ergriffen, von Léon gelöst und war zurückgeflohen, um nach Licht und Weite zu schnappen. Am Fuß des bedrückenden Bauwerks hin und her laufend, mußte er lange auf den Gefährten warten: »Meine Seele ist über geheimnisvolle Pfade, durch enge, niedere Tunnel und hohe Galerien gewandelt, in der Königskammer jedoch«, behauptete Léon dann, »war ich trotz der Massen endlich daheim.«

»Also verloren –«

»Ja.«

»Ab dem Zeitpunkt, an dem der Großvater in mein Bewußtsein getreten war, verschmolzen – das Elternhaus war für mich ja nie ein Hort der Geborgenheit – Ägypten, Geheimnis und Arzt zusammen mit Freiheit, Gefahr und Abenteuer zu *Heimat*. Heute hingegen verbinde ich diesen Begriff mit der Vorstellung grellen, reinigenden Lichts und eines glorreichen Schweigens.«

»In Wahrheit –«

»Gibt es nicht. Camus –«

»Du saugst auch an jedem Blut!«

»Was sind wir anderes als Subexistenzen und Parasiten?«

»Camus, wolltest du doch sicherlich sagen, wurde selbst in Paris *Zelle um Zelle*, wie er notierte, *zerstört* und machte sich daher immer wieder auf den Weg nach Tipasa: *Dieses Licht festhalten, wiederkehren, der Nacht der Tage nicht mehr nachgeben wollen.*«

»Was hast du vor?«

»Dich stellvertretend für deinen Großvater im Nil zu versenken.«

»Welche Worte soll man gebrauchen, wenn man weiß, daß man bald sterben wird? Übrigens: Hier gibt es keine Krokodile mehr.«

»Ein Problem, ja, das hatte ich nicht bedacht.«

»Vielleicht kommen sie wieder, auch Nofretete ist auf die Museumsinsel zurückgekehrt.«

»Diese *Trouvaille*? Dabei habe ich sie gestern noch in der Hotelhalle gesehen.«

»Es war im Puff, und du hast ihr die Schminke vom Körper geleckt. Vergiß nicht: Wir waren zu dritt.«

»Und du spieltest Echnaton.«

»Begreifst du endlich, mit wieviel Stimmen Ägypten zu uns spricht?«

»Ich verstehe kein Arabisch, hatte immer nur dein irres Gelächter im Ohr. Der Wind trug es von Buchenwald und Weimar herbei.«

»Hörte sich eher wie das simulierte Liebesgestöhn einer Person an, die sich für uns als Königin Ober- und Unterägyptens verkleidet hatte.«

»Aus Gips und über einem Kalksteinkern modelliert war sie.«

»Wer ist das nicht. Doch auf der Suche nach dem Sinn von – entschuldige bitte – Dasein und Geschichte, Leben und Tod, dem eigentlichen Motiv unserer Reise –«

»Was immer wir uns auch vorgaukeln mögen: Waren wir uns nicht einig, daß wir – um düsteren, goyadunklen Gesprächen wie diesem, die uns in Deutschland immer wieder auf den Rand des Wahnsinns zutrieben, zu entkommen – endlich ins Licht eintauchen wollten?«

»Und was böte sich da mehr an als Ägypten? Nein, das bringt uns nicht weiter. Selbst im Bannkreis der Großen Pyramiden blieb die Erleuchtung aus. Kein Wunder, daß der Mensch sich in seiner Erklärungsnot Gott ausgedacht hat.«

»Klingt aus deinem Mund mehr nach Reproduktion, nach trügerischer Geborgenheit in einer Panzerglasvitrine.«

»*Deine* Sicht, diejenige des Voyeurs, und du irrst, wie so oft. *Ich* sehe nur ein knisterndes, Wind und Wetter ausgesetztes und in diesem Augenblick sogar davonfliegendes Papierzelt.«

Léon nickte, sagte aber, zufrieden in Kauf nehmend, daß es gelogen war: »Solange sie im Charlottenburger Museum war, besuchte ich Nofretete nie, ihre Existenz war mir gleichgültig, nichts verband mich mit ihr. Erst kürzlich habe ich etwas gewissenhafter als früher den Nachlaß meiner Eltern durchgesehen und erfahren, daß mein Großvater 1912 als Student bei den Ausgrabungen in Amarna –«

»Du sprichst von deinem Uropa.«

»Nein, von meinem Großvater David Spielmann, er ist erst mit achtundfünfzig, zweieinhalb Jahre nach seiner Befreiung aus dem KZ, Vater geworden. Kleine Anekdote: Im Lager sei ihm nach vielen heimlichen Versuchen eine Nachbildung der Nofretetebüste – aus Schlamm – gelungen, aber Kächele habe den ungeheuren Frevel entdeckt –«

»Und ihm die Eier abgeschnitten.«

»Nicht ganz, sonst gäbe es mich nicht.«

»Daran erkennst du, wie fürsorglich *mein* Großvater –«

»Ich bin ihm ewig dankbar dafür.«

Franz sah Léon aufmerksam an: »Ich glaube, wir sollten die Reise abbrechen. Oder jeder sollte allein weiterziehen.«

»Nein«, entgegnete Léon, »wir müssen sie gemeinsam

fortsetzen. Wir sind noch nicht einmal draußen in Maadi gewesen, wo sich mein Vater, wie ich rekonstruierte, auf seiner Ägyptenreise laut Tagebuch zufällig an jenem Tag des Jahres 1997 aufgehalten hatte, an dem –«

»Mein Großvater eines unnatürlichen Todes starb?«

»Ja, jetzt wissen wir, Zeugen eines miesen Spiels, voneinander.«

»Da öffnete ich meinen Mund zu meiner Seele, damit ich Antwort gäbe auf das, was sie gesagt hatte.«

»Gelegentlich redest du reichlich rätselhaft daher.«

»Ein Zitat aus dem Papyrus Berlin 3024, entstanden –«

»Damit kann ich wenig anfangen.«

»Wenn es so ist, müssen wir bald Achetaton, den Ort unseres Begräbnisses aufsuchen.«

~~~~ Kemet, mitten im Traum ~~~~

»Deine makellose Schönheit, dein honigfarbener Teint erzeugen offenbar eher Scheu als Zuneigung.«

Wie ein Engel glitt Léon neben den ausgefransten und buckligen Bürgersteigen der Pyramidenstraße Sharia al-Ahram durch das fleißige Gewühl der Menge, die sich unwillkürlich vor ihm teilte –

»Während dir, dem etwas herberen, von allen Seiten immer wieder freundliche Neugier und heimliches Begehren zufliegen und Burschen wie Mädchen, selbst verschleierte Frauen, eine – wenn auch flüchtige, scheinbar zufällige – Berührung mit dir anzustreben scheinen.«

»Wie unbefriedigend. Nehmen wir ein Taxi.«

»Nur im Gehen nimmt man die Wirklichkeit wahr.«

»Das will ich ja gerade vermeiden.«

»Du ziehst es also vor, mit Hilfe eines mobilen Fossilkraftwerks durch die Hitze dieses Hochofens zu fahren?«

»Hier schon. Haben wir denn ein Ziel?«

»Das Museum. Im eisigen Revier der Götter, Sarkophage und Mumien wird uns auf dem Ritt durch die Wüste, bei dem wir uns dauernd vergaloppieren, eine Zuflucht gewährt.«

Franz tat, als fröstele ihn: »Deine kühnen Metaphernwechsel! Das nervt! Sprich doch normal. Ich dachte, wir befänden uns in der Stadt.«

Ein leeres Taxi rollte hupend neben ihnen her –

»Ja, Kairo in seinem ganzen, herrlichen Anderssein. Wie Sybaris so reich, so schön, so luxuriös und so faul, daß es den Zorn der Götter erregte und diese es feierlich dem Untergang weihten.«

»*Aircondition, Mister!*«

Sie kapitulierten und stiegen ein. Das Innere des Wagens glich einem Backofen. Ihre Gesichter begannen zu glühen –

»Raus hier! Das widerspricht jeder Vernunft! Ich schlage die Scheiben ein, reiße dem Karren das Dach ab!«

Der Fahrer schien zu verstehen und drückte, ohne die Geschwindigkeit zu verringern, die Tür auf, hielt sie mit der Linken fest –

»Siehst du: Was eben noch als wahr galt, Daten, Geschehnisse, Aussagen, ist jetzt bereits Fabel, überholt. Alles ist schon wieder ganz anders, erscheint in einem veränderten, kühleren Licht.«

»Bald werden die Pyramiden nur noch Erinnerung sein?«

»Richtig, und schon ist es fahl geworden.«

»Immer noch keine Nofretete in Sicht.«

»Seit der Hurrikan das grelle Neon der Nacht und das heiße Licht des Tages zum Erlöschen brachte und eine apokalyptische Düsternis über New Orleans fiel: Drüben, die isländischen Gletscher erinnern uns daran.«

»Daß wir«, stöhnte Franz, »wieder über unsere Väter reden müssen?«

»Wer neunzehnhundertachtundsechzig nicht rebellierte, hätte sich, das wurde schon im alten Rom belegt, auch dreißig Jahre zuvor nichts getraut.«

»Wie kommst du denn jetzt darauf?«

Der Fahrer zog die Tür wieder zu. Von draußen war ihm mehrmals – wie Léon die Gesten interpretierte – der Vogel gezeigt worden.

»Eine Generation nach Hitler, wollte ich sagen, waren die Kinder vieler Täter und Opfer schon nicht mehr voneinander zu unterscheiden.«

»Und die Enkel, also wir? Sprengten wir wenigstens Fernsehanstalten oder Golfplätze in die Luft?«

»Ich würde mit Fast-Food-Ketten und dem schauerlich missglückten Berliner Pyramidenimitat am Potsdamer Platz anfangen.«

»*Du*?«

»Ja. Alle großen Taten beginnen mit bescheidenen Worten.«

»Wer bist du, daß – ach, entschuldige.«

»Dabei sehnen wir uns seit Tagen einzig und allein nach einer gemeinsamen Nacht mit einer dieser hinreißenden Palästinenserinnen –«

Das Ägyptische Museum war von Besuchern geräumt und gesperrt gewesen. Ein mir harmlos erscheinendes Häufchen von Demonstranten wurde von Dutzenden von Polizisten mit Schlagstöcken und den geduckt lauernden Panzertieren von vier Wasserwerfern bedroht. Im Hilton haben wir Zitronenlimonade und Campari getrunken und uns dann tollkühn entschlossen, ein klimatisiertes Taxi zu suchen und uns nach Maadi kutschieren zu lassen. Franz hat etwas von einem deutschen Ingenieur erzählt, der drei Stockwerke über der Praxis seines Großvaters das Penthouse bewohnt habe und eigentlich noch am Leben sein müßte. Da war meine Neugier geweckt. Im Mena House sind wir, des hohen Preises im Hauptgebäude wegen, in einem der häßlichen »Neckermann«-Flügel untergebracht. Eine Nacht wie im Weimarer Elephanten hat es zwischen uns nie mehr gegeben, obwohl wir in den Hotels – von den meisten Gästen oft wohlwollend, selten höhnisch, von den Deutschen hingegen fast immer scheel angeglotzt – meistens im selben Zimmer übernachteten. Heute morgen drang lauter, schroffer, für uns völlig unverständlich geführter Wortwechsel durch die Wand. Was da wohl passiert war? Die Palästinernserin von nebenan, quetschte Franz – masturbierend – hervor, habe sich lautstark darüber beklagt, daß man sie nicht einmal in Ruhe sich selbst befriedigen lasse. Ich sah ihm interessiert zu, fühlte selbst kein Bedürfnis. Mein Vater hatte an einer degenerativen Erkrankung des Gehirns gelitten, und ich spüre seit einiger Zeit die ersten Vorläufer dieses seltsamen Übels, bilde mir ein, daß ein Mangel an Dopamin die – wenn auch noch seltenen – muskulären Ausfälle verursache. Gestern jedenfalls mußte Franz, der immer neben mir her schwimmt, mich aus dem Swimmingpool retten. Damals, am Todestag, hatte sich mein Vater trotz strengen Fahrverbots offenbar selbst ans Steuer gesetzt, obwohl – oder vielleicht weil – Mutter den Wagen immer schon besser beherrschte. Merkwürdig, daß in Kairo nie jemand tanzend auf der Straße zu sehen ist. Weil meterhoch der Nil steht, die Einwohner sich winkend aus den oberen Etagen lehnen oder auf den Dächern ihrer Häuser sitzen und sterbend um Hilfe rufen –?

Franz merkte erst nach einer Weile, daß Léon, vom Fahrer erwartungsfroh durch den Innenspiegel beobachtet, ohnmächtig in seiner Ecke hing. Er brüllte erschrocken los, doch bis der Wagen die Spuren gewechselt hatte und am rechten Fahrbahnrand – zufällig vor einem Wahlplakat des alle anlächelnden Präsidenten Hosni Mubarak – anhalten konnte, hatte Léon die Augen schon wieder geöffnet und stammelte *was hat mein Vater hier gesucht und getan, die allermeisten Menschen sind als Massenmörder geeignet, man darf sie sich nicht einfach als Berserker vorstellen, es sind denkende Wesen, in der Lage, rationale*

Begründungen für ihre Taten zu entwickeln, ich wußte, daß die
Kinder ohne ihre Mütter sowieso nicht überlebensfähig waren, und
daher habe ich sie erlöst, indem ich sie tötete vor sich hin –

Ja, dachte Franz, dieses Biotop ist wie gemacht für Projektionen, die überall genauso denkbar wären: The Big Easy. Seufzend stieg er trotz des lauthalsen Fahrerprotests aus, prallte erst zurück, kämpfte sich dann durch die Feuerwand um das Taxi herum, zerrte den sich wehrenden Léon ins Freie, hakte ihn unter und stolperte, ihm die verbrannte und ausgelaugte Luft der Außenwelt zufächelnd, einige Minuten lang mit ihm über das aufgerissene Pflaster der parallel zur Corniche am Nil entlang verlaufenden Promenade. Falscher hätte er gar nicht handeln können: An seiner Seite sackte Léon erneut zusammen.

Nun hockt er mit gesträubten Haaren vor mir auf dem Beifahrersitz und massiert sich stumm den Nacken. Wenn er mir wegstirbt, bekomme ich Probleme mit allen möglichen Behörden. Wahrscheinlich wartet dann das Gefängnis auf mich. Ein fruchtbares Land, freie Kleewiesen mit vereinzelten Schöpfrädern aus vorindustrieller Zeit, Gärten, Bäume oder sandfarbene Wüstenzungen gibt es so, wie ich es in Erinnerung habe, nicht mehr zwischen Kairo und Maadi, nur noch vielstöckige Wohntürme. In Deutschland dagegen verlanden Seen, wachsen Lichtungen und Heidelandschaften zu, weil Kinder, die sie früher zum Spielen benutzt haben, vom Aussterben bedroht sind, und die wenigen Nachkömmlinge, die man sich hält, vor dem Fernseher die Zeit tot schlagen und sich mit Kartoffelchips mästen dürfen. Sechzig Prozent der Ägypter sind jünger als dreißig Jahre. Mißverstehe ich da etwas? Ein Dutzend Bücher haben wir vor der Reise durchgeackert, aber hier und jetzt ist alles Wissen wieder verdampft, die Sinne sind total abgestumpft, wir staunen über nichts mehr. Beim Frühstück las ich in der *Egyptian Gazette*, daß die

Selbstmordattentäter von Sharm el-Sheikh, die siebzig Menschen – ich stelle mir vor, sie fingen sie mit Netzen ein und zogen sie in die Hölle hinunter – mit sich in den Tod gerissen haben, mit DNA-Analysen identifiziert worden seien, es handele sich um Beduinen aus Al Arish, womit ich nichts anfangen kann, des weiteren hätten die Bewohner Beslans – wieder die Frage, wo in aller Welt das nun wieder liege – am Jahrestag des Geiseldramas der mehr als dreihundert Toten in ihrer Stadt gedacht, während in Brasilien im letzten Jahr gerade mal etwas mehr als sechsunddreißigtausend Todesopfer durch Schußwaffen zu verzeichnen seien und in der biblischen Sintflut von New Orleans nur der amerikanische Rassismus überlebt habe. Meine Erinnerungen an die untergegangene Stadt? Ich sitze in einer Bar und stiere eine nackte Tänzerin an, die auf ihren Silikon-Brüsten zwei gefüllte Sektgläser balanciert –

Irgendwann war die Klimaanlage ausgefallen, und sie erstickten trotz der heruntergekurbelten Fenster fast in ihrem Gefährt, das, sein Leben aushauchend, nur noch vom dichten Verkehr durch die Glut des Mittags geschoben wurde. Alles habe seinen Sinn, wimmerte Léon unentwegt, doch welchen?

Auf den »Nilterrassen«, im Schatten einer von Hibiscus und Bougainvillea überwucherten Pergola, schlürften sie – jede Bewegung war ihnen zuwider – nach Kaugummi schmeckende Limonade, die den Durst nicht löschte, dafür den Magen aufblähte. Franz wies Léon schlaff auf eine dahinhuschende Ratte hin –

Léon nickte träge und meinte, mit letzter Kraft sich zu einer Art Ironie aufraffend: »Zur rechten Hand der bleigraue Ewigkeitsstrom – kognitiv oder valuativ angesiedelt – in vollendeter Schwebe – zwischen allen vertrauten Kategorien –«

Franz fing den zugeworfenen Gedanken nur mit Mühe auf:»Aber nach Kairo, dem großen Nichts – gelb und dreckig – ein lustlos konzipiertes, behelfsmäßig gemauertes – menschenleeres – mit Autowracks und Bergen von leeren – angegammelten Konservendosen – und Pappkartons – ganz der gegenwärtigen – abendländischen Kunstkonzeption – entsprechendes – Werk – möchte ich nie mehr zurück.«

»Warum träumen wir immer nur von Palästinenserinnen«, unterbrach ihn Léon, als treibe er im Halbschlaf herum.

»Klasse, Abenteuer, Ekstase –«

Danach schwiegen sie vor Mattigkeit. Einmal gingen Léon etwas verschwommen die Fragen *Handelte es sich bei dem »Unfall« meiner Eltern vielleicht um Selbstmord? Konnte Vater mit der Schuld, Franz Kächele umgebracht zu haben, nicht mehr leben?* durch den Kopf. Eine Stunde später stellten sie sich in der Hoffnung, ein Taxi nach Maadi hinein zu ergattern, mit müde erhobenem Arm an den Straßenrand.

Das Mercedes-Sportcoupé, ein offener, jahrzehntealter weißer SL, hatte etwa zehn Meter vor ihnen unter einem der flammenden Alleenbäume gehalten. Die junge, schwarzhaarige, sehr hübsche, rassig – Franz stieß Léon mit dem Ellenbogen an – aussehende Fahrerin blickte nun schon einige Minuten aufmerksam zu ihnen herüber. Sie trug ein weißes T-Shirt mit der Aufschrift »*Mubarak 2005*« und eine eigelbe Baseballmütze –

»Eine –?«

»Sag's nicht. Hier gibt's keine Huren, nur natürliche Verführungen –«

Franz' Krächzen war kaum zu vernehmen, auch Léon lag die Zunge nach dem sauren Getränk wie ein Reibeisen im Mund. Doch das Stichwort war gefallen, ihr Entschluß gefaßt: Die Scheinwerfer zwinkerten ihnen bereits zu. Léon versuchte sich in lässigem Schlendern, das Herz lag ihm pochend im Hals und sein Gang glich eher einem Stelzen: Die feuchte Unterwäsche klebte im Schritt und am Hintern. Als sie den Wagen erreichten, enthüllte ihnen das Mädchen ein so sanftes, einladend intimes, Jasminduft verströmendes Lächeln, daß Léon – *wo habe ich das schon einmal erlebt?* – willig darin versank.

Eine leise, wie aus Höhlen kommende Stimme, auf Englisch: *»To Maadi?«*

Beide nickten.

»Americans?«

»Do we look like –?«

»Germans«, stellte Franz klar.

Sie zögerte. Jetzt, dachte Léon, tauchen Fragen auf. Hin und her schien sie zu überlegen, dieses und jenes zu bedenken, dann gab sie sich einen Ruck, bot ihm, den sie vermutlich als den Schwächeren einschätzte, den Platz neben sich an und wies Franz – hatte der innigere Blick ihm gegolten? – den unbequemeren Rücksitz zu.

»I'm Aisha.«

»My name is Franz«, tönte es schnell von hinten.

»And you?«

»Léon.« Er ruckelte sich auf dem zerschlissenen Polster zurecht und dachte, durchdrungen von dem süßen Gefühl, in der Fremde und gleichzeitig bei sich selbst angekommen zu sein: Das Ziel aller Reisen ist erreicht. Er drehte sich zu Franz um und sah ihn dankbar an. Dieser zog fragend die Augenbrauen hoch.

Aisha startete den Wagen, wiegte den Kopf, trällerte *»France and the Lion and me in the heaven –«*

Léon horchte dem glücklich nach, das Kreischen des Verkehrs in Maadis engen Straßen fand keinen Zugang mehr in seinen Kopf.

Und Franz setzte zum Sprung an: »*You live in Maadi?*«

Sie gab eine Art Gurren von sich: »Wo ich lebe?«

Erfreut reckten sie sich –

»Deutsch«, meinte sie lächelnd, »habe ich auf der Borromäerinnen-Schule in Bab el-Louk gelernt.«

»Wo liegt das?«

»In Explosionsweite des Hilton.«

Sie schien selbst überrascht und würzte es mit einem seltsam grellen Lachen, in das Franz und Léon – dieser war unsanft aus seinen Tagträumen, die sich nur noch auf die Vorstellung von Aishas nacktem Körper konzentrierten, gefallen – sogleich einstimmten.

»Ich folge einer Verschiebung«, beeilte sie sich zu erklären: »Ich nenne sie – nach *Derrida*, schon einmal gehört? – meine *Krypta*, mein falsches oder artifizielles Unbewußtes, *plaziert wie eine Prothese, ein Pfropfen im Herzen eines Organs, im gespaltenen Ich.*«

Das Rätsel hatte sie eingefangen, wie verdattert kauerten sie in ihren Sitzen.

Sie beugte sich zu Léon hin und küßte ihn auf die Wange. »Nicht verstanden? Nun, das Auto ist geklaut. Vor morgen wird niemand danach suchen. Eine ungewisse Geschichte mit einem geheimen Erzähler über eine ungewisse Heldin an einem ungewissem Ort.«

Léon hob abwehrend die Hand: »Aber nein!«

Franz zupfte anzüglich an Aishas T-Shirt: »Wahlkampf auf Ägyptisch, diesmal mit amerikanischem Akzent?«

Sie trägt die Bombe der Selbstmörderin im Gürtel, dachte Léon voll verwegener Heiterkeit. Er sah und fühlte nur verschwommen, wie Aisha erstarrte. Weit entfernt glitt er bereits wieder in der Barke der Göttin dahin. »*France and Lion and me in the heaven* –«

In der 16. Straße hielt sie vor dem Haus mit der Nummer

40: »Voilà! Und wem von euch beiden bedeutet diese Adresse mehr?«

Franz und Léon sahen sich verlegen an, zuckten mit den Schultern. Auch verspürten sie wenig Lust, sich von Aisha zu trennen, nur um des fragwürdigen Vergnügens wegen, vergangenen Ereignissen nachzujagen. Sie wagten es aber nicht, dies zu formulieren, also stiegen sie aus. Aisha blieb hinterm Steuer sitzen. Sie stellten sich unmißverständlich fordernd neben ihr auf, plauderten chaotisch daher und kämpften dann zäh um eine Verabredung –

Schließlich gab sie nach: »Wir fühlen, denken, handeln und erleben ohnehin in Widersprüchen.«

Ich habe sie durchschaut, bin wie sie, dachte Léon und wurde von einer heißen Welle in die Höhe gespült –

»Was nicht in die Show paßt«, fuhr Aisha, ohne Franz und Léon anzuschauen, fort, »wird verschwiegen, was rein kommt, ist manipuliert, wer die Wahrheit sagt, wird an die Wand gestellt, wer lügt, macht – ach, wie heißt das: Profit. Entschuldigt bitte –«

»Da«, meinte Franz eilfertig »sind wir uns einig. Die Amerikanisierung Ägyptens –«

»Ja? Was ist damit!«, entgegnete sie scharf.

Léon summte vor Schadenfreude.

Aber Aisha legte entschuldigend die Hand aufs Herz und sagte, schon wieder überaus mild: »Ich rede nicht von geheimen Logen, politischen Kasten, Korruption und Kriminalität, sondern von euch und von mir, den gewöhnlichen Menschen und ihren psychopathischen Impulsen.«

»Wie meinst du das?«

Fast flehentlich bohrte sie ihnen ihren Blick in die Augen, dann sagte sie leise: »Es gibt eine Menge Leute, die keine Eier in der Hose haben, keine Integrität, keine Überzeugung, für die sie eintreten würden.«

»Wie bitte?« Verblüfft sahen sich die beiden, von denen der eine ihr jeweils als Doppelgänger des anderen erscheinen mochte, an.

»Und du –?«, wagte Léon zu fragen.

»Ich«, antwortete sie ruhig, »habe etwas Wunderbares unterm Gürtel und meine Karriere noch vor mir.« Mitleid bewegte ihre Stimme: »Ihr habt wohl nie ernsthaft gearbeitet oder um etwas gerungen?«

Léon fröstelte.

»Wir sind Idealisten«, versicherte Franz.

Sie lächelte: »Das habe ich bemerkt.«

Franz warf sich in die Brust: »Wir –«

»Verdankt sich Al Qaidas Kampf gegen die westliche Maschinerie und Moral vielleicht sogar eurem, dem Denken der deutschen Romantik?«

Sie lachten wie verschworen, ohne zu verstehen.

»Dann viel Glück auf eurer unschuldigen Tour.«

Sie lehnte sich heraus und zog die beiden, die sich ihr willig entgegenstreckten, kurz an sich.

»Bis um sechs.«

Mit grüßend erhobener Hand fuhr sie los.

»Die ganze Zeit hatte ich einen Ständer«, murmelte Franz.

»Was trägt sie unterm Gürtel?«, fragte Léon.

»Das ahnst du nicht!?«

Und Léon, dem Wagen nachblickend, spürte einen aufkommenden Schwindel, der umso stärker wurde, je weiter sich Aisha entfernte –

Der kleine Verschlag des Boab war unbesetzt: »Keiner in der Nähe?«

»Die Praxis meines Großvaters lag im Erdgeschoß.«

»Jetzt gehört sie, laut Kupferschildchen, einem Dr. Massalme.«

Sie klingelten.

»Der Mangobaum hängt voller Früchte.«

»Laß' ihn in Ruhe.«

»Was sagen wir?«

»Daß wir zwei hysterische oder sonstwie abgedrehte Pelikane seien, *ich* das Symbol für das Leiden Christi, du das Wappentier edler Schreibgeräte –«

»Gleichzeitig Verfasser kryptischer Schicksale in höchster Brillanz.«

»Offenbar hat Aisha uns beide stimuliert. Da ich von dem Vakuum weiß, das sich hinter deinem Namen verbirgt: Um der Wahrheit willen solltest du notieren, was in den nächsten Minuten geschieht.«

»Keine existentialistische Selbstbetrachtung auf Reisen. Die Eitelkeit des Schriftstellers ist mir fern, die Diskretion des Priesters so nah. Niemals habe ich Papier, Bleistift, Diktiergerät mit. Das Handwerk des Lebens –«

»Is' ja gut.«

Da sich hinter der Tür nichts tat, zog sich Léon – *spähender Faun auf der Suche nach einer höheren Form des Realismus*, dachte Franz – am Außensims hoch und drückte seine Nase am Fensterglas platt.

»Nun?«

»Er wird uns bestimmt nichts erzählen.«

»Weshalb so skeptisch?«

»Ein Mann voller Selbstironie.«

»Der gerade zwei seiner Patientinnen besteigt?«

»Nein, ein Blinder, der sich selber sieht und das Reisen in dieser flüchtigen Welt fortwährend befragt.«

»Als halbverweste Leiche?«

»Bei Dr. Massalme gibt es nur leere Räume, kahle Wände und zentimeterdicken, sandfarbenen Staub.«

»Verstehe. Das perfekte Mittel gegen Melancholie.«

»Alles still. Ein Gespensterhaus, wie erhofft –«

»Die Sonne scheint, da sie keine andere Wahl hat, auf nichts Neues.«

»Du zitierst einen der schwächsten Sätze der gesamten Literatur.«

»Paßt zu uns. Der Ingenieur wohnte damals ganz oben.«

»A. Kroll, Ingenieur. Ist er das?«

»Möglich. Zu Gesicht bekommen habe ich ihn damals nicht.«

»Angenommen, er trete uns mit nacktem, breitem, muskulösem, stark behaartem Oberkörper entgegen –«

Sie trauten sich nicht, in den morbiden Schlund des verdächtig einladend geöffneten Fahrstuhls zu tauchen und begannen, die Windungen des Treppenhauses in Angriff zu nehmen.

»Was bedeutet das *A*.: Alfons, Adalbert, Arnim oder Aton oder –?«

»Aus dem Namen kann man nichts schließen.«

Auf dem zweiten Treppenabsatz blieb Franz keuchend stehen. Auch Léon wischte sich den Schweiß von der Stirn.

»Einer, der die deutsche Wohlstandsbürgerlichkeit satt und mit sich, den Utopien und dem untergehenden Abendland gerungen hatte?«

»Als Ingenieur?«

»Raus in eine wilde, vitale Welt, endlich leben –«

»Ach – der Traum vom Abenteuer ist doch nur die Kehrseite des Weichgesichts. Bla-bla in der Hitze, ich weiß.«

»Gilt für uns alle. Wie gut hat er meinen Großvater gekannt? Was hielt er von ihm? Komm, gehen wir einfach weiter.«

Stöhnend setzten sie sich wieder in Bewegung.

»Was weiß er über Kächeles Tod?«, raunte Léon, und während er einen schweren Schritt nach dem anderen tat, erschien ihm die Stimme des Ingenieurs:»Als ich kapierte, wie verlogen der heroische Hollywood-Western, die amerkanischste Kunstform, in Wirklichkeit ist, und daß im Gegenteil dazu Schwarze und Rothäute eher als good guys, die Weißen hingegen als bad guys anzusehen sind, wurde mir klar, daß die Menschheit nur bedingt zivilisierbar ist und das Bürgertum immer die großen Verbrecher stellen wird. Unsere humane Gesinnung, sofern sie noch irgendwo vorhanden ist, gleicht geronnenem Blut, der Kruste über einer schrecklichen Wunde. Mir zu folgen, dürfte Ihnen beiden, Léon und Franz, als Vertretern der dümmsten Generation seit zweitausend Jahren, die sich gleichwohl mit dem Schlagwort Wissensgesellschaft schmückt, kaum gelingen: Ist es nicht so? Durch Gleichgültigkeit vernichten Sie alle menschlichen Werte – kennen Sie diesen Begriff überhaupt? –, die in der Renaissance und im Berlin der sogenannten Studentenrevolution noch einmal so hoffnungsvoll auferstanden waren. Sie lächeln, Léon, obwohl Sie Ihr Wissen über jene Zeit nur aus dritter, vierter, diskriminierender Hand empfingen, und denken an die längst vollzogene Korrektur der Legende von der Liberalisierung und Demokratisierung der Gesellschaft durch die Achtundsechziger, an den Nonsens der politischen und sozialen Happenings und das karnevalistische Treiben, das, zugegeben, der Bewegung einen zusätzlichen Reiz gab, gleichwohl das Alltagsgrauen der braven Bürger schonungslos offenlegte. Dies alles habe ich in Saus und Braus mitgemacht. Wenn der Weg der meisten Revoluzzer im Supermarkt endete, wie der essiggurkensaure Sloterdijk meinte, witzeln zu können, dann muß er auch feststellen und kundtun, daß die führenden Nichtachtundsechziger dem Terrorismus der Globalisierung das Wort redeten und in den gewaltbereiten Verbrechensetagen von Politik, Wirtschaft und Banken gelandet sind. Wer also verteufelt hier wen? Da sich Deutschland und der ganze übrige Okzident in amerikanische Hände begaben, beschloß ich, gerade zum Bauingenieur diplomiert, mein Heil in einer anderen Welt zu suchen, und bewarb mich bei Tiefoben – leider für mich die einzige Chance – für Ägypten. Seither bin ich hier, so einfach ist das. Was Ihren Großvater betrifft, Franz: Ich kannte ihn auch als gebildeten, freundlichen, honorigen Menschen, der als Arzt in die Slums ging, Kinder von der Straße holte, Gewaltopfer betreute –«

»Wir sind da«, sagte Franz:»Oh – ist dir übel?«

»Nein, ich bin nur meiner Lieblingsvision – dem in der Wüste durch einen Wirbelsturm vernichteten Heer der Technologen – nähergekommen«, antwortete Léon, horchte aber weiterhin der – so, wie er sie sich vorstellte: *dröhnenden* – Stimme des Ingenieurs nach:»Abgesehen davon, daß die Erinnerung ein Minenfeld ist: Sollte ich etwas anderes erzählen, euch etwa die Wahrheit auf die Nase binden? Ihr Bürschchen seid unfähig, ihr kompliziertes Flechtwerk zu begreifen –«

Am Türklopfer, einem schweren, bronzenen Skarabäus, spürte Léon das unheimliche Gewicht der Angst, daß Kroll – wer immer sich dahinter verbarg – ein Zeuge war:»Ich nehme an, daß Ihr Vater, Léon, als Anwalt mit internationalen Verbindungen, auch nach Israel natürlich, gewisse Möglichkeiten hatte, den Schänder Ihres Großvaters ins Jenseits zu schicken, ohne Spuren zu hinterlassen. Außerdem wird in Ägypten nicht so schnell obduziert, und die Tatsache, daß ein alter Naziverbrecher endlich das Zeitliche gesegnet hat, dürfte jedem doch Erleichterung verschaffen. Wer fragte da noch nach Schuld? Auch die anderen Mieter im Haus, drei deutsche Lehrer mit ihren Familien, wußten um seine Vergangenheit und kümmerten sich nicht darum. Nun ja. Für mich aber gilt: Zu Hause bin ich in der europäischen Republik des Geistes, einem, wie Julian Barnes nicht ganz zutreffend schrieb, anarchischen, lärmenden und freundlichen Ort nie endender Fragen und Selbstzweifel. In Deutschland allerdings, diesem von Robotern, automatischen Software-Agenten sowie sich selbst steuernden Multi-Agenten-Systemen geprägten, zur posthumanistischen Hybrid-Gesellschaft mutierenden und damit seiner mürrischen Spießigkeit treu bleibenden Provinz, wäre ich depressiv und schizophren geworden. Das Gewissen der mächtigsten Nation unserer Tage – à propos – liegt im Urstrom, zeitlich weit vor demjenigen der alten Griechen. Was schließen wir daraus? Keine Ahnung. Nichts – auch die Umstände meines und Ihres, Franz und Léon, und jedes Menschen Todes – wird jemals ganz aufgeklärt sein. Ich sehe Ihnen an, daß Sie meiner Theorie den Begriff der Modernen Kunst entgegensetzen wollen. Leiden Sie an Denkstörungen, Trugwahrnehmung und Wahn? Ich stelle immer wieder die Frage, warum Unfug so erfolgreich sein kann. Bezüge zum – überaus fragwürdigen – Dadaismus sind anmaßend und absurd. Ohne formale Stringenz fehlt es den zeitgenössischen Hervorbringungen auch an sinnlicher Präsenz. In geistiger Leere leben sie wie Viren nicht aus eigener Kraft, bleiben im Grunde vollkommen unscheinbar, keinesfalls spektakulär, austauschbar, öde, phantasielos, unerhört langweilig – ein doofes Nichts, das vom Zorn des Betrachters lebt, während der Feuilletonismus, verzweifelt darum bemüht, im Gespräch zu bleiben, diesem Scheiß, anstatt ihn in die Kläranlage zu spülen, immer neue Bedeutungshüllen überstülpt – und: wahrscheinlich recht hat damit. Von Ägypten aus sehe ich das leider sehr deutlich. Der Mensch entstand durch Evolution, die Entwicklung seines Gehirns ist nicht abgeschlossen und nimmt immer groteskere Züge an.«

Franz hatte vier- oder fünfmal den Skarabäus angehoben und wieder zurückfallen lassen, zuletzt gar erbost geschmettert.

»Kroll«, sagte er verdrossen, »klingt nach dem Pseudonym eines sehr dicken Mannes, sagen wir: eines Ex-Agenten, der neben Englisch und Französisch perfekt Türkisch und Arabisch spricht.«

»Frivolität und schicksalsschwere Melancholie verschmelzen zu einem unwiderstehlichen Zauber: Du mußt nur auf die komplexen Beziehungen zwischen den Lebenden untereinander und zu ihrer Umwelt achten, auf Stoffwechselprozesse und Nahrungsketten, auf Konkurrenz und Selektion. Das wunderbare Gekeif der beiden Melonenverkäufer auf der Straße –«

Endlich näherten sich von innen weiche Schrittchen, dann wurde behutsam – und nur einen Spalt breit – die Tür aufgezogen.

Was sie mit klugen Augen durch eine kleine, ovale Stahlbrille musterte, war jedoch kein schüchternes Kind, sondern ein abendländisch aussehendes älteres Herrchen mit rötlicher, sommersprossengesprenkelter hoher Stirn, vollem, weißem Schopf und ebensolchem Vollbart, das ein offenes, in blassen grauen, roten und gelben Streifen gehaltenes Hemd trug und ihnen – wenn es denn endlich hinter seiner Deckung auftauchen würde – gerade bis zum Kinn reichen mochte. Warum fühlte sich Léon im ersten Moment ertappt – und wobei? Zwei Lidschläge lang gab es für ihn keinen Horizont, schien die Schwerkraft aufgehoben, flatterten zwischen den meerblauen Ölanstrichen der Wände und unter dem weißen, rußig verwolkten Firn der Decke Lehmhütten, Palmen, Taxis, Tankstellen, Maschinenpistolen, Palästinenser-Tücher, Häftlingsjacken, Judensterne, Galgenstricke, Straßenschilder und Hieroglyphen, als hätte er sie selbst hochgeworfen.

»Da die Dinge sich immer wieder auf eine unverständliche Weise zusammenfügen: Wer, mit Verlaub, sind Sie?«, fragte, eine Hand mit Tabakspfeife dicht am Mund, die immer noch halb verborgene Gestalt mit leichter, abweisender Schärfe auf Deutsch.

Léon deutete erklärend auf Franz:»Der Enkel von Dr. Morbach.«

Nach einer bedächtigen Pause:»Aha. Verstehe. Wieviel Kapitel der Weltgeschichte wollen Sie rückgängig machen?«

Franz und Léon lachten beflissen:»Alle«, sagte der eine,»keines«, der andere zur gleichen Zeit.

»Sie kennen also die Betrüger namens Gedächtnis und Wissen?«

»Ja«, meinte Léon.

»Sehr gut, dann ist Ihnen auch geläufig, daß wir uns meist nur an Erinnerungen von Erinnerungen des Geschehenen erinnern –?«

»Hoffentlich kein Philosoph, das fehlte uns noch«, murmelte Franz.

Léon dagegen erwiderte geschmeidig:»Was meine grauen Zellen speichern, ist in der Tat alles andere als eine exakte Kopie des Erlebten.«

Weit ging die Tür vor ihnen auf – künstliche Kühle wehte ihnen entgegen – und gab den Blick auf einen größeren Raum frei. Es war, als gestatte ihnen der Gnom – Léon schätzte ihn auf einen Meter sechzig – damit – *warnend?* – gleich die Sicht auf seine überdimensionale Innenwelt: Die Wände, auch einer intimen, nach oben führenden Treppenwindung, waren über und über mit Büchern bedeckt.

Er streckte ihnen die Rechte entgegen und nannte leise seinen Namen. Franz stellte Léon laut und genüßlich als *Spielmann* vor, worauf Krolls hellwacher, blauäugiger Blick kurz von einem zum anderen huschte. Er sah Léon interessiert an und bat die beiden höflich, sich zu setzen. Alle drei ließen sich mit einer einzigen sanften Bewegung auf den gelben, golden durchwirkten, aber stark ausgebleichten Polstern der Sitzgruppe nieder. Auf dem Intarsientischchen zwischen ihnen lag Philip Roths *»Amerikanisches Idyll«* –

Und gleich wandte sich Kroll wieder an Franz: »Sicher würden Sie gerne von mir eine Auskunft über Ihren Großvater erhalten.«

»Vor allem über seinen Tod.«

Kroll sog ausgiebig an seiner Pfeife und blies – den bedächtigen Intellektuellen mimend, empfand Léon – den Qualm aus schiefen Mundwinkeln heraus rücksichtsvoll zur Seite: »Verzeihen Sie, aber ich weiß noch nicht, ob sich die Zeit, mit Ihnen eine Tasse Tee zu trinken, ergeben wird. Die Sünden der Erinnerung: Wie immer werden wir nie erfahren, was sich wirklich zugetragen hat. Aber vom schleichenden Datenverlust des Vergessens sprachen wir schon –«

Die beiden starrten ihn befremdet an, Léons Blick glitt fragend zum »*Amerikanischen Idyll*« –

»Da es, wie wir wissen, gelingen kann, Menschen den Himmel zu verkaufen«, seufzte Kroll wie belästigt, »ist es auch möglich, ihm komplett fiktive Erinnerungen einzupflanzen. Mir selbst wurde vor einigen Jahren ein gefälschtes Foto von einer Faschingsveranstaltung vorgelegt, auf dem ich als Kind wie ein Beduine gekleidet zu sehen war – und eigentlich glaubte ich durchaus, mich an das erfundene Ereignis erinnern zu können.«

»Vielleicht entspricht es sogar den Tatsachen«, bemerkte Franz so leise, daß jeder hellhörig werden sollte –

»Noch heute rätsele ich daran herum«, erwiderte Kroll sarkastisch. »*Spielmann*«, wandte er sich dann bestimmt an Léon: »Sind Sie Jude?«

»Zum Teil«, antwortete dieser – seine Gedanken waren abgeschweift und hatten gerade Aisha entblättert –

Kroll lachte: »Leben Sie in Israel?«

»Nein.«

»Warum nicht? Dort *spielt* das Leben, mit Knall und tiefem Fall –«

»Weil ich –«

»Angst?«

Der Einfachheit halber sagte er »Ja« und ergänzte: »Ich gehöre nicht dazu.«

»Was heißt das? *Deutscher* bin ich auch, und trotzdem verbringe ich mein Leben im Orient.« Eine Herde glühender, schnell wieder verblassende Röte jagte ihm übers Gesicht – Léon rührte es bis in die Seele.

»Gerade deswegen«, murmelte Franz.

Kroll schien getroffen: »Ja? Ich verstehe Sie nicht.«

Léon wollte schnell – mit Kroll fühlend – Unverfängliches – »Ägypten«, fuhr ihm Franz dazwischen, »ist leider dabei, zur strengeren Auslegung des Koran zurückzukehren.«

Kroll faßte sich schnell: »Na hoffentlich! Und das Abendland? Nur dumme Leute finden eine Heimat.«

Als Franz noch nach einer Antwort suchte, formulierte Léon rasch: »Entwickelt sich gerade zu einer Feudalinstitution schlimmster Provenienz. Der Autoritätsverlust der Geisteswelt –«

»Der das Wetterleuchten eines Umsturzes oder des Untergangs ankündigt?«

»So ungefähr.«

Kroll lachte kurz auf: »Für eine Revolution ist der Okzident bereits zu dekadent.«

Léon deutete besänftigend, mit großzügiger Geste, auf die Bücherwände und bemerkte stupide: »Es kommt immer nur darauf an, in welcher Bibliothek man zu Hause ist.«

Kroll nickte amüsiert: »Oder wie man die Zeit durchbohrt. Verstehen Sie? In einem Fragment aus dem Jahr neunzehnhundertzwanzig imaginiert sich Kafka als gefeierter Olympiaschwimmer, der zwar einen Weltrekord hält, gleichzeitig aber vor versammeltem Festpublikum gesteht, daß er gar nicht schwimmen kann.« Er zeigte mit der Pfeife auf Léon und sagte dann in vertraulichem Ton:»Was meinen *Sie* dazu?«

»Ich kenne ihn nur als Biertrinker, Turner und die Gesundheit seiner Zuhörer gefährdender Vorleser.«

»Richtig«, stimmte Kroll kichernd zu:»Daß die Landschaft der Literatur schön sei, ist seit jeher eine Behauptung ihrer Kolonisatoren.«

»Steht das nicht im Widerspruch zu –?«

»Doch, in krassem, das ist ja das Schöne.«

Für Léon schien jetzt eine seltsam vibrierende, fast magische Indifferenz von Kroll auszugehen, und dieser wandte sich folgerichtig, wie ihm schien, wieder mit einer den Tabakqualm – hinter dem er zu schweben schien – durchstechenden Frage an ihn:»Und welchen Beruf üben Sie aus?«

Léon schielte zu dem verstummten Franz hinüber, zierte sich und schwindelte kräftig:»Den des Schriftstellers.«

»Das heißt, Sie machen Ihre Blindheit zum Thema und versuchen, ihr dabei eine gewisse ästhetische Wahrhaftigkeit abzugewinnen?«

Léon ärgerte sich, senkte den Kopf:»Vor Ihrer Belesenheit, Einsicht und Schlagfertigkeit verneige ich mich ausgesprochen gern.«

»Genehmigt. Ihr Freund schmunzelt? Was ich von mir gebe, sei, denken Sie beide wahrscheinlich, ungewöhnlich für einen *Ingenieur*.«

»In gewisser Weise, ja. Nein. Entschuldigen Sie bitte. Aber so kann es nicht weiter gehen. Weltweit werden die Rohstoffe knapp.«

»Das einzige ernste Umwelt- und Schöpfungsproblem ist der unersättliche Mensch selber«, stichelte Kroll.

»Schöne Phrase. Aber unersättlich sind vor allem die Verantwortlichen, die Führer –«

»Die, welche in Hieroglyphen zu uns sprechen? Das Pack,

das man auf den höheren Etagen der Konzerne, auf internationalen Konferenzen, auf Jachten und Golfplätzen findet?«,
fragte Kroll vergnügt.

»Genau. Hisbollah und Hamas sind harmlos gegen jene
Wahnsinnsbanden aus Technik, Wirtschaft und Politik.«

»Ganz ruhig«, lächelte Kroll, »sonst verwirren Sie mich
noch. Also: Antike Kunst und Philosophie, Winckelmann,
noch Schiller –«

»Und alles müßte ineinander greifen. Aber wie?«

Kroll schien voller Ironie: »Wenn ich das wüsste: Bücher,
Internet, Zeitungen, *Liebe* –«

Und dann schritt deren *Allegorie* – Kroll hatte die ganze
Zeit über nach oben gelauscht – in langem, durchscheinen-
dem Gewand, wie Cranachs *Venus* aus dem Jenseits kom-
mend, die Treppe herunter und versetzte den beiden auf den
ersten Blick einen gehörigen Schock: Es handelte sich tatsächlich um die junge, kesse, göttergleich aufregende weibliche
Erscheinung, die sie mit dem Sportwagen hierher gefahren
und sich mit ihnen für den Abend verabredet hatte. Daran
mochte Léon nun nicht mehr glauben. Ihrem geheimnisvollen Lächeln hinterher trippelten, liebevoll mit zarten Fingern
an den Buchrücken entlang streifend, drei Kinder im Alter
von ungefähr vier bis sechs Jahren –

»Meine Familie.« Kroll errötete erneut, diesmal vielleicht
vor Stolz, wurde dabei wieder verlegen, streckte sich rasch
und rief, vor den Seinen lächerlicherweise – wie Léon fand
– den starken Mann mimend, mit aufgesetzt fester und mun-
terer Stimme: »So, ihr beiden – Künstler. Was seid ihr: Außer-
irdische Spione, verdorbenes Gemüse, aufgeblasene Puppen,
feindliche Brüder?«

In derselben Sekunde, in der Léon sich durch Krolls Worte
nicht nur entlarvt fühlte, sondern sich in ihm sogar wiedererkannte, flüsterte Franz rauh: »Die Schöne ist gekommen.«

Erwartungsvoll starrten die Kinder – als ob dies der Auftakt zu einem spaßigen Wortgefecht sei – zuerst auf ihn und dann auf ihren Vater.

»Wir lesen sehr viel«, bemerkte Léon verunsichert und töricht.

Eine nachlässige Handbewegung Krolls:»Vielleicht haben wir dieselben Interessen? Informieren Sie sich selbst.«

»Nicht nötig, ich sehe schon«, wich Léon der Aufforderung aus, doch erhob er sich – dachte nur: Ich bin scharf auf dein Weib, auf die Sünde – und schritt, von dunklen Kinderaugen beobachtet, steif – als ob auch Nofretetes Blick auf seinem Hintern haftete – die Bücherreihen ab. Danach setzte er sich – gekrümmt, um seine Erektion zu verbergen – wieder hin.

»Nun?«

»Ein amerikanisches Idyll.«

Alle schienen zu lächeln, Franz räusperte sich anzüglich –

»Der Jux der Weltliteratur«, meinte Kroll.

»*Jux* -?«, protestierte Franz behutsam, schielte nach Leon.

Dieser bog sich nach hinten und breitete, etwas verkrampft den Ahnungslosen und Unschuldigen mimend, die Arme aus –

Kroll schwieg, paffte – geruhsam von einem zum anderen schauend – an seiner Pfeife und fragte erst nach einer ganzen Weile:»Was tut übrigens ein *Romancier*?«

»Alkoholexzesse, Bordellbesuche, Bürgerschreck«, entfuhr es Franz. Léon gluckste.

Kroll blickte kurz – *zum Glück verstehen sie nur wenig Deutsch* – zu seinen Kindern hinüber, dann nickte er seiner Frau zu und sagte:»Für einen jungen und freien Geist, sofern er sich dessen rühmen kann, erstaunlich einsichtig und ungemein wichtig.«

Franz und Léon waren so überrascht, daß ihnen nichts dazu einfiel.

»Im Allgemeinen ist es doch so«, erklärte Kroll nachsichtig, »daß der Literaturbetrieb immer mehr einem Karneval gleicht. Die jungen, talentierten, wenn auch noch unreifen, doch leider schon viel zu ruhmsüchtigen Schriftsteller –«

Er schien zornig zu werden, zähmte sich aber. »Ach – wußten Sie, daß *Franz Moor* dem Muster des edlen Räubers *Roque Guinart* aus dem *Don Quijote* nachgestaltet ist, und daß Schiller in der Vorrede zu den Räubern den eingefleischten Teufel *Adramelech* aus Klopstocks *Messias* als Vorbild für die Gestalt des *Franz Moor* angegeben hat?«

»Die Welt«, war Léons hilflose Antwort, »ist absurd, und die Menschen in ihr sind schizophren.«

»Schiller ist Ihnen demnach kein besonders geläufiger Begriff?«

»Zumindest die denkenden«, führte Franz Léons angefangenen Satz weiter: »Daher geraten diese zuallererst mit sich selbst in Konflikt; das poetisch zu begreifen betrachten wir als unser Metier.«

Kroll hatte Mühe, ernst zu bleiben.

Franz merkte es, schnappte ein und fragte ihn lauernd: »Was haben Sie im Jom-Kippur-Krieg gemacht?«

Léon hielt den Atem an.

»Früher hätte ich mich über Ihre Frage geärgert, aber nach dreißig abenteuerlichen Jahren Straßen- und Brückenbaus in Ägypten –«

Franz zeigte sich einsichtig: »Ziemt sich eine solche Frage vielleicht nicht. Tut mir leid. Dennoch: Kairo, auch als städtebauliches Chaos: Wie sehen Sie, als nicht gerade Unverantwortlicher –?«

»Ah«, antwortete Kroll: »Ich gehörte zur Kaste der oberen Führungskräfte, zu denen, die wissen: Wenige haben in ihrem Leben so viel gelogen wie ich.«

Léon nahm den munteren Ton dankbar auf: »Auch jetzt?«

Tauchten hinter Krolls Lächeln nicht Echnatons Gesichts-züge auf? Seine Augen hinter den Gläsern begannen zu blitzen: »Aus *Kosmopolis* wird *Klaustropolis* werden, aber nicht nur die Mutter aller Städte, sämtliche Metropolen der Welt, selbstverständlich auch New York, London oder Berlin werden über kurz oder lang von ihren verarmten Randbewohnern belagert werden, denn auch die großen Katastrophen – halten Sie mich ruhig für sarkastisch, zynisch, gar für verrückt – gehören zum Kulturerbe der Menschheit. Sie blicken entsetzt, das irritiert mich: Haben Sie nie soweit gedacht? Was wollen Sie, ich habe doch nur eine Quizfrage beantwortet, und wie beim Kreuzworträtsel kommt es auf das Begreifen der Inhalte oder Zusammenhänge überhaupt nicht mehr an. Andererseits: Nehmen Sie den Begriff Kemet, das bedeutet Ägypten, wörtlich das schwarze Land, nach der fruchtbaren Schlammerde am Uferstreifen des Nils, das Wort wird mit insgesamt vier Hieroglyphen geschrieben, einer Krokodilshaut, einer Eule, einem aufgegangenen Fladenbrot und einem kleinen, schraffierten Kreis, dem Zeichen für eine Siedlung. Ist das nicht phantastisch, elementar plausibel? Hören Sie noch zu? Gut, Sie haben ja recht: Da die Ägypter nur Konsonanten, aber keine Vokale schrieben, wissen wir nie genau, wie die Wörter ausgesprochen wurden, also –«

»Sie weichen aus«, stellte Léon, etwas mutiger geworden, aufatmend fest.

»Er scherzt immer noch«, bemerkte Franz munter.

»Sicher«, erwiderte Kroll: »Das eigene Bewußtsein täuscht, schwindelt und ignoriert. *Ihnen* sind solche Regungen natürlich fremd.«

»Ich versuche, sie zu vermeiden.«

»Was für ein hehrer Vorsatz! Doch wie ich sehe, gelingt Ihnen das nicht.«

»Warum sollte –?«

»Weil Sie ganz unten sind«, bellte Kroll unbeherrscht los, »und keiner Sie wahr nimmt. Weil Sie, um sich irgendeine Art von Wertegefühl zu geben, Frauen einschüchtern, unterdrücken, schlagen, foltern und vergewaltigen.« Er wedelte mit der Hand, als ob er auswischen wollte, was er gesagt hatte: »Zugegeben, zunächst nur im Kopf.«

»Jetzt sind wir«, atmete Léon geräuschvoll durch, »trotz unseres orientalischen Männlichkeitswahns aber beruhigt.«

»Bemerken Sie«, fragte Kroll, sich tief in den Honigduft seines Pfeifenqualms versenkend, »wie es in unseren und Ihren Elendsquartieren tatsächlich zugeht?«

»Wenn ich ernsthaft darüber nachdenke: Die Gesichter der Überflüssigen werden sich von Land zu Land immer ähnlicher. Kairos Subproletariat: Lauter junge, ausgewanderte, arbeitslose Deutsche, die Autos in Brand stecken, auch mal ein Wohnhaus abbrennen und ägyptischen Kindern das Genick zertreten.«

»Sie haben's erfaßt.«

»Ja, nur im Traum erfährt man die Wahrheit über die Welt. Ob wir nun kahl rasiert und mit Springerstiefeln, barfuß und mit karierten Beduinenhalstüchern oder in Armani-Klamotten – vor dem Computer kauernd, uns selbst in die Steinzeit hineinsteuernd – daherkommen: *Unsere* Generation ist eine tickende Drohung gegen *jede* mensch –«

»Stimmt«, sagte Kroll.

»Und was geschah in der *Vergangenheit*?«, fragte Franz, der sich offensichtlich mehr als die beiden anderen in den Aggressionen, Mißverständnissen und Kalauern verheddert hatte.

»Nun – Ärzte richteten sich, wie Sie wissen, Untersuchungsräume, Labors und Operationssäle ein, verstümmelten, ermordeten und sezierten Häftlinge – doch über Ihren Großvater möchte ich nicht sprechen, dafür habe ich ihn zu wenig gekannt. Nebenbei: Mein Vater war ebenfalls Arzt. An der Front, in Stalingrad, ist er, natürlich am Weihnachtstag, gefallen. Schuldlos, sozusagen, zu seinem *und* meinem Glück.« Er unterbrach sich, schwieg, schüttelte wieder und wieder den Kopf, fragte dann abrupt:»Was ist das erste Wort, das Ihnen in den Sinn kommt, wenn Sie an Deutschland denken?«

»Grün!«, platzten beide heraus, lachten sich überrascht an.

Kroll schien dies bestätigen zu wollen, doch seine Worte troffen vor Ironie:»Ja, es tut gut, in diesem gelben Wüstensand etwas von der Heimat zu hören.«

»Sollen wir das etwa *glauben*?«

»Nein: Wir dampften munter stromaufwärts. Es war einer jener herrlichen, erfrischenden Morgen, die zu Anfang des Februar in Ägypten landesüblich sind. Ein zarter Duft lag über den Ufern des Nils und schuf aus den schlichtesten Bildchen, einer kleinen Moschee, einer Gruppe von Palmen, die noch im Halbschlummer die Blätterkronen senkten, eine Märchenwelt voll Lieblichkeit.«

Léon räusperte sich, überlegte noch, wo dieser Mann zu packen, wie das Gespräch gleichzeitig zu ordnen sei, als Kroll mit lebhaft veränderter Stimme zu ihm sagte:»Ein Zitat aus *Der Kampf um die Cheopspyramide*. Ihnen sicherlich ein Begriff. Und Ingenieure wie Max Eyth, also Leute *meines* Berufes, wenn auch nicht meiner Generation – aber was heißt das schon – haben die Konzentrationslager und Krematorien entwor –«

Léon kam sich wie ein Harlekin vor.

Kroll nickte und huschte zu einem anderen Thema:»Im Gegensatz zu Franz Moor finde ich es überhaupt nicht lächerlich, unser Leben *dichterisch* zu begleiten.«

»Wie *Sie*? Ich bewundere –«

»Nein, nein«, lächelte er, »*eigentlich* – und ich hoffe, Sie wissen, was Nietzsche damit gemeint hat – bin ich auf meiner Pilgerfahrt in die Unsterblichkeit Archäologe geworden wie Franz.« Er blinzelte diesem zu.

Franz wich zurück.

Und Léon dachte: Jetzt sind wir nicht mehr unter den Lebenden.

»Also«, sagte Kroll«, »meine Frau, Aisha, ist es, die –«

Léon sah schmachtend zu ihr hoch, aber aus der bezaubernden Verführerin war die strenge arabische Gemahlin des kleinen deutschen Ingenieurs geworden. Hochmütig musterte sie ihn. Umso mehr wäre er am liebsten an ihren Beinen hoch und in sie hinein gekrochen: Ihre Gestalt leuchtete bereits wieder in den violetten Farben erotischen Zaubers, schon trat sie im Kostüm einer ganz und gar enthemmten Bauchtänzerin vor ihm auf –

»Die Tatsache, am Leben zu sein«, lächelte Kroll, als habe er Léons Phantasien erraten, »ist wunderbar – aber möglich nur hier, wo die Leitfäden, mit denen unsere Ägyptenbilder noch gewebt worden sind, Weisheit, Ewigkeit und Geheimnis heißen, und wo Goethe – an dessen Lippen Schiller, ein urtümlicher Wanderer, erwartungsvoll lauschend sein Ohr lehnt – verwittert und halb verschüttet aus dem Wüstensand ragt. Verstehen Sie – das viele Wissen ist es, das mich hin und wieder in ein sphinxhaftes Mischwesen verwandelt – diese Bruchstelle der Ägyptenrezeption, diese Erhabenheit, die in praktischem Sinne nutzlos, dafür aber Inbegriff einer Idee ist.«

»Sozusagen«, bejahte Léon verträumt, daher begriffsstutzig, mit geschlossenen Augen. Das Gespräch der anderen hörte er nur noch mit halbem Ohr:»Sie kennen doch das Schema der Evolution des Menschen, das eine geradlinige und progressive Entwicklung suggeriert«: Aishas Sanftmut?

»Es ist sehr verbreitet, bei Bürgern wie bei Künstlern gleichermaßen beliebt, doch führt es vor lauter Selbstgefälligkeit geradewegs in die Irre«: Franz' Rechthaberei?»Der Pfeil der Evolution fliegt in keine bestimmte Richtung«: Womöglich meine eigene Stimme?»Im alten Ägypten hatte er sein Ziel erreicht.«»Keineswegs: Die europäische Renaissance markiert den Höhepunkt der menschlichen Evolution. Ich sage nur: Leonardo da Vinci.«»Als Gegenzeugen rufe ich Cesare Borgia auf.«»Aber nur das Böse hat sich weiterentwickelt!«»Im Gegenteil: Leonardo hat die Maschine als hilfreiches und gutes Werkzeug ins Bewußtsein gerückt.«»Vor der unsere Species inzwischen wieder in der gekrümmten Haltung eines Affen hockt.« Die Stimmen entfernten sich immer weiter in den Nebel hinein und waren nicht mehr zu unterscheiden: »Dem langsam, aber gnadenlos alle traditionellen menschlichen Werte zersetzenden, sich nach den Gesetzen des Dschungels orientierenden, inzwischen den ganzen Erdball umschlingenden american way of life setze ich Schillers Idealismus, die Religion des Lichts entgegen.«»Und warum?« »Wer Selbstverständliches nicht begreift, ist für jede Erklärung verloren –«

War es nicht, als ob sie alle mit Rücksicht auf seine deutlich sichtbare Erregung nur noch geflüstert hätten? Dann schreckte er hoch: »Demnach«, sagte Aisha, ihn, dem ihre Worte unvermittelt kalt, seltsam synchronisiert und verletzend vorkamen, mitleidig musternd, »beschäftigt Sie die jämmerliche Frage, wie man es in dieser trügerischen und verwirrenden Welt noch aushalten könne?«

»Überhaupt nicht«, protestierte er verzwungen, »ich –«

»Echnatons Donquichoterien«, unterbrach Kroll ihn rasch, »sind für uns, Nofretete und mich, das Preisenswerteste des Lebens, ja, das Leben selbst.«

»Nofretete?«, staunte Franz.

»Wer denn sonst?«, lächelte Kroll.

»Echnatons Donquichoterien?«, wiederholte Léon: »Das hier ist alles sehr verzerrt, vielleicht verrückt.«

Nofretete sah ihn dunkel an: »Was?«

»Wir haben den Ketzer heiliggesprochen«, erklärte Kroll geduldig, »weil wir ihn noch *vor* Christus als wahren Menschen verstehen.«

»Das müssen Sie mir, uns, bitte –«

»Keineswegs muß ich das.«

»Ja.« Franz hob müde den Finger: »Nur wer kühl und klug in ewigem Geistesstillstand das Einerlei seiner tumben Schulbegriffe, wie Ihr Freund Schiller es formulierte, hütet, entgeht dem glorreichen Schicksal, von seinen Mitmenschen verkannt, gedemütigt und gepeinigt zu werden.«

»Hallo!«, rief Kroll, und Léon dachte genervt: Wir reden fürchterlich aneinander vorbei.

Auch Kroll schien des Ganzen nun überdrüssig: »Dem altägyptischen Denken, das können Sie wohl kaum begreifen, war der Wahn eines Fortschrittglaubens fremd. Nur so konnte sich jene feinsinnige Zivilisation, die weitaus humaner war als die heutige, dreitausend Jahre lang halten.«

Hinter ihm stehend, sicherlich einen halben Kopf größer und dreißig Jahre jünger als er, legte Aisha liebevoll ihre Arme um ihn, und Krolls wolliges Gesichtchen schmiegte sich an ihren Busen –

Léon, sah – durch den gelben Dunst des Neids – die Brüste entblößt und erwartungsvoll zitternd: Ich, jetzt, an seiner Stelle –

Die Kinder, zwei Mädchen mit knusprigem, hellbraunem Teint und ein hellhäutiger, rothaariger Junge, hockten auf der untersten Treppenstufe, lutschten saftige Mangoschnitze und kicherten und tuschelten miteinander.

War das Ehepaar dabei, für sie eine Farce zu inszenieren?

Léon schüttelte nur noch den Kopf über die klamme Situation, in die er sich gebracht hatte –

Aber dann erklärte Kroll:»Vielleicht erkannten Sie in meiner Rede das eine oder andere Dichterwort wieder, ich bin nahezu ohne Phantasie, lebe nur durch Zitate, verfüge natürlich über ein hervorragendes Gedächtnis, aber auch Musil und Thomas Mann haben uns die Sätze vernehmen lassen, die Anna Karenina oder Molly Bloom durch den Kopf gingen. Ständig ziehen die Figuren und ihre Autoren, mich zuvorkommend grüßend, an mir vorbei.« Er lachte.

Er redet falsch Zeugnis, stiehlt mir die Worte, nimmt mir den Wind aus den Segeln, verarscht uns –

»Broch beispielsweise vergleicht gerade den Rebellen mit dem Kriminellen. Kennen Sie seine Schlußfolgerungen?«

Léon schüttelte den Kopf und murmelte:»Je stärker ich mich an meine Erinnerungen klammere, desto grotesker erscheinen sie mir.«

Auch Franz, der minutenlang wie ein Schemen neben Léon gesessen hatte, äußerte sich mit belegter Stimme, meinte jedoch tapfer:»Je befremdlicher ich meine Träume empfinde, desto klarer tritt die nackte Wahrheit aus ihnen hervor.«

»Die nackte«, sagte Kroll, entwand sich liebevoll seiner Frau – die jetzt in ihrem durchsichtigsten Gewand direkt vor Léon stand und ihn damit schier in den Wahnsinn trieb – und bemerkte, schon halb erhoben, mit einer bedauernden Handbewegung die bizarre Unterhaltung beendend:»Persönlich kenne ich niemanden, der mir mehr Unrecht angetan hätte als meine Mutter.«

»Verzeihung, dies ist so ungewöhnlich –«

»Ist es das? Was wollen Sie denn? Mit Ihrer egozentrischen Larmoyanz, wenn nicht gar Überheblichkeit die Gefühlsstarre, mit der die Deutschen auf die Leichenberge in den Konzentrationslagern antworteten, anklagen? Mit schlecht schraffierten Wunschfiguren, wie Sebald sie nannte, die Sozialkultur des Staates beeinflussen? Und in welchem Sinne? In Ihrem eigenen? Und mit welchen Mitstreitern? Sie wissen doch, daß die Autoren der neuen Gesellschaft – darüber haben wir ja schon geredet – auf demselben Ohr taub sind wie diese selbst.«

»Ja, wir beugen uns in Demut«, hauchte Franz belustigt.

»Was raten Sie uns?«, fragte Léon, einen Kloß im Hals.

»Wenigstens mehr und ehrlicher als die anderen über die Konflikte der Überlebenden von '45 nachdenken.«

»Tun *Sie* das?«

»Ich habe es mir verboten.«

»Aha«, meinte Franz.

Léon räusperte sich: »Darf ich wissen, warum?«

»Nein«, antwortete Kroll.

Mahnend mischte sich Aisha ein: »Adolf –«

Kroll riß wie Franz und Léon erschrocken die Augen auf, wurde erst kreidebleich, dann rot vor Zorn oder Scham – und nickte seiner Frau schließlich gottergeben zu.

»Seine Mutter«, erklärte sie, so zart sie konnte, »hat seinen Vater 1944 noch ins KZ gebracht.«

»Die Wahrheit gibt es nicht, also muß man sie erfinden«, flüsterte Franz heiser.

»Meine Mutter war« – Kroll hüstelte – »Arierin, mein Vater Jude. Sie hielt ihn jahrelang bei Freunden versteckt, aber nachdem sie herausgefunden hatte, daß er mit der Dame jenes Hauses ein Verhältnis unterhielt, verriet sie ihn an die Gestapo.« Er kehrte Franz und Léon den Rücken und trippelte grußlos in den fensterlos dunklen Flur hinaus. Die Kinder stoben erleichtert ihrem Vater hinterher.

»Einmal«, krächzte Franz in die mürbe Stille hinein, »fiel mein Vater in die Brombeeren und zerriß sich dabei Hände und Gesicht. Meine Mutter hat sich schief gelacht.«

»In der völlig irrealen Wirklichkeit als der uns von einem imaginären Gott verliehenen Daseinsform«, begann Léon mit flacher und unsicherer Stimme.

Doch Aisha schnitt ihm das Wort ab, indem sie die beiden mit einer Handbewegung aufforderte, sich zu erheben, und bereits den ersten Schritt zur Tür machte. Dann begleitete sie – undurchsichtig: etwas in Léon bewog ihn, sie sich wieder irreal, als Nofretete zu denken – die beiden verstörten Freunde, die wie geohrfeigt das Weite suchten, weißen Gesichts hinaus; aber als Léon – am Eingangsbereich war an der linken Wand des Türdurchgangs die hockende Göttin Maat zu erkennen – noch einmal einen sehnsuchtsvollen und ungläubigen Blick in die Wohnung zurück warf, meinte er, daß diese leer geräumt und ohne menschliches Leben sei.

In ihrer Benommenheit hatten Franz und Léon automatisch den Fahrstuhl benutzt. Nun taumelten sie ins Freie und schauten, in den chaotischen Verästelungen des Mangobaumes einen luftigen Halt suchend, am Stamm empor.

»Was war denn *das*?!«

»*Grand Guignol.*«

»Bisher war ich der Meinung, die Welt um mich herum einigermaßen klar zu sehen, seit ein paar Minuten jedoch entrückt alles ins Sternbild des Skurrilen, und das Obst der Erkenntnis –«

»Ist noch nicht reif.«

Franz hatte einer der faustgroßen, grünen, unreifen Früchte vom untersten Zweig gerissen und gleich wieder weg geworfen: »Diese verzauberte Wohnung da oben, das falsche Licht der überheblichen Ironie, in das Kroll sich und seinen seltsamen ägyptischen Anhang getaucht hat.«

»Jene grauenhafte, wie ein Fallbeil niedersausende Bemerkung über seine Mutter.«

»*Persönlich kenne ich niemanden, der mir mehr Unrecht angetan hätte.* Erstmal hat sie doch den *Vater* –«

»Krolls Wehklage schnitt mit meiner eigenen Stimme mitten durch mich hindurch.«

»Ja, es gib auch heue noch Eltern, die ihre Kinder am liebsten in die Gaskammer steckten.«

»Mütter, die auch *nach* 1945 geistig und moralisch hinter jedem Landstreicher zurückblieben.«

»Sprechen wir aus eigener Erfahrung?«

»Sieht so aus.«

»Durchatmen!«

»Was sonst?«

»Dann Krolls irrelevantes Geschwätz über Echnaton und Nofretete, der läppische Unsinn mit Schiller und Cervantes.«

»Ein einziges feiges Wort nur zum Untier Morbach.«

»Du meinst Kächele –«

»Ja, Ja: Wenn er mir wenigstens die geheuchelte Geschichte vom geläuterten Nazi erzählt hätte.«

»Es gibt sie nicht, nirgends.«

»Dann hätte er wenigstens sagen müssen, das Wort, das er am meisten hasse, sei Arzt.«

»Oder Ingenieur.«

»Was vermuten wir also?«

»Der König ist wahnsinnig, und seine Herrscherin hält uns für –«

»Neo-Nazis.«

»Schmarotzer.«

»Feindliche Brüder.«

»Dumme Jungs.«

»Für so dämlich halte ich sie nicht.«

»Wenn Aisha nicht sein Frau wäre, hätte sie uns wahrscheinlich in die Wüste gelockt und, während wir an ihr zu fummeln begannen, den Zünder ihrer Gürtelbombe ausgelöst.«

»Aus welchem Grund?«

»Warum hat dein Opa meinen gefoltert und mein Vater –?«

»Weil es ihnen Spaß gemacht hat.«

Sie wandten sich einander zu, sahen sich an und stolperten, in ihrer Hilflosigkeit ab und zu blödes Gelächter ausspeiend, die Allee hinunter, während Krolls mahnende Worte hinter den Eukalyptusbäumen hervor wuchsen: »Die Möglichkeiten Kairos sind längst nicht ausgeschöpft, literarisch liegt, was die Stadt zu geben hat, noch im Dunkeln, unterm Wüstensand funkelt es millionenfach, mit einem ganz eigenen Gelbstich, jener heuchlerischen Farbe, mit der schon Aragon 1924 in Libertinage, sich auf Paris beziehend, seine Tabubrüche feierte. Lassen Sie die Stadt als Memphis auferstehen, als Dresden, Pompeji, Lissabon, als das, was sie schon immer im Verborgenen war, und verzichten Sie um Allahs willen auf jenen Mix, in dem Ihre unernste und anmaßende Art Esoterik, Trash und Splatter-Elemente zu einem billigen und nichtssagenden Synkretismus verschmilzt –«

»Den Vorhang, den Cervantes zerriß, hat unser Ingenieur neu gewebt.«

»Aus Eisen und Seide.«

»Taten sagen zu wenig aus. Man muß eine Person über die Psyche erklären, erzählen, was unsichtbar hinter ihrem Gesicht liegt, sie ungewohnte Rollen, beispielsweise die des Vaters, spielen lassen oder ihr einen Judenstern ans Revers heften, du mußt phantasieren und schwindeln. Um die Wahrheit einzukreisen –«

»Du willst also, trotz allem, immer noch verstehen?«

»Was sonst?«

»Es gibt nichts zu verstehen. Um die Mitte des 17. Jahrhunderts gab einer den 17. September des Jahres 3928 v. Chr. als Datum der Schöpfung an. Genauso gut –«

»Beginn eines großen Romans?«

»Keine Ahnung«, erheiterte sich Léon. »Wir kennen das Leben nicht, und das Leben kennt uns nicht.«

»Im Gegenteil, das gehört zu den Aporien des modernen, simplen Bewußtseins.«

»Hurra –«, bemerkte Léon matt.

»Wie kommt dieser häßliche Wicht bloß zu einer solchen Frau? Ich habe selten eine göttlich-schönere Erscheinung gesehen.«

»War sein Gesicht nicht von der Säurespur weiterer peinlicher Leiden gezeichnet, welche ihm, beispielsweise, einen immensen Verbrauch an Toilettenpapier –?«

»So genau will ich es gar nicht wissen.«

»Nicht nur Kairo bringt dreifach Welt über einen, und man weiß nicht, wie man das alles leisten soll.«

»Wer sagt das?«

»Rilke, ungefähr.«

»Und Nofretete alias Emmy Bovary, von Léon still verlassen –?«

»Wird von Nagib Mahfus – der im *Fishawi's* sitzt und alles, was wir wahrzunehmen scheinen oder vor uns hin flunkern, penibel notiert – in einem zerfallenen, dem Boden gleich gemachten, vaginaförmigen Palast in Tell el-Amarna eingesperrt.«

Und ebenda neigt sich die vielfach gepriesene, kühn – wie die Computertomographie erkennen läßt – über einem Kalkstein modellierte, schwach nach Gips riechende Büste zu ihm herunter und flüstert: »Ich schenke dir mein Antlitz, Leonhard, die meisten anderen Dinge bleiben unerledigt, und es dauert eine Weile, bis man sich der zweiten Betäubung, jener der Kälte des unvollendeten Tages, wieder bewußt werden kann.«

Träume kommen vom Himmel oder aus dem Müll – also aus dem, was man tagsüber ignorieren, verdrängen, wegwerfen und den Engeln und Ratten überlassen muß – und gehen ihre eigenen Wege. Sie bevölkern die Bahnen des entstandenen Schnittmuster-Chaos' mit sagenhaften Gestalten und kleiden sie in die absonderlichsten Kostüme: So wie Leonhard heute nacht die Mäntel der Identitäten Aishas, Léons, Franz' und Krolls – seiner Frau, seines Sohnes, seines ehemaligen Freundes und irgendeiner beliebigen Ingenieursattrappe als Abbild seines verunstalteten Ichs – vor den Augen herumgeflattert waren. Was ihn an Träumen aber so deprimiert, ist, bei all ihrer fruchtbaren Tollheit, *das vollkommen humorlose Gemüt*. Immer noch aufgewühlt seine Verwandlung erst allmählich begreifend, sickert langsam wieder in ihn ein, daß er nicht Léon, sondern *Leonhard* ist und einer anderen Generation als Franz und Léon – aber derselben wie Kroll – angehört und 1941, mitten hinein in die größten jemals begangenen, von Deutschen verübten Verbrechen und damit als deren passiver Teilnehmer geboren worden ist und Aisha und Léon vor wenigen Monaten von ihren vermummten politischen Gegnern angegriffen, in eine Schlägerei verwickelt und dabei erstickt und erwürgt –

Wie kommt er darauf? Oder stimmt es gar? Er rafft sich auf und wankt ins Badezimmer: »Wäre ich meinem animalischen Instinkt gefolgt und Romancier geworden«, redet er sich dabei ein, »bräuchte ich weder Trauer noch Skrupel zu haben, hätte mir den Luxus leisten können, niemals ganz wach zu sein und dichtend und schreibend dem grausamen Diktat der Welt zu entwischen und die Heimat in Liliput, Timbuktu, Ayutthaya, Marjampole oder Achetaton zu finden.« Zwar verschwinden diese Orte meistens bald wieder von den Landkarten, aber sie sind und bleiben, wie er heute zu glauben bereit ist, die höchsten Fluchtpunkte des Herzens.

Beim Anblick seines entstellten Gesichts – »*Gott: ich bin Leonhard!*« – suchen ihn wieder Jammer und Komik der eigenen Existenz heim: War er bisher lediglich Zeuge eines rätselhaften Schauspiels, von dem er gerade mal den winzigen Ausschnitt zu sehen bekommt, den das Schlüsselloch in der Scheintür zur Wirklichkeit –?

Einen gewissen Sinn sähe er in allem, wenn man ihn gestern abend nach einem späten Besuch der Amarna-Sammlung, die vor kurzem auf die Museumsinsel zurückgekehrt ist, vor dem *Zwiebelfisch* am Savignylatz – »*werde ich auf die gleiche Weise vom Jasminduft des Todes umhüllt sein und sterben wie Aisha und Léon?*« – wenigstens brutal zusammengeschlagen hätte. Der Mensch, hätte er zuvor – sich auch an die Überzeugungen seiner Frau und seines Sohnes erinnernd – wahrscheinlich in dem Lokal getönt, sei frei einzig in der Kunst, und nur als künstlerisches Wesen sei er – immer einen Fuß im Traum, laut und leichtfertig wie Schiller – wirklich ein Mensch; diese ästhetische Grundüberzeugung der Weimarer Klassik sei ihm heilig, zuletzt hätte sie noch einmal bei jenem Teil der 68er, zu denen auch er sich insgeheim bis auf den heutigen Tag zähle, aufgeleuchtet, das elende Spießertum der heutigen, fatalerweise so genannten Informationsgesellschaft, bedürfe dringend des humanen Gegenpols von Wissen und Bildung.

Lieber F., ich schicke Dir die »Träume«, die ich in den vergangenen siebzehn Tagen skizziert habe. Mehr als dreißig Jahre konnte ich, unentwegt meine Angstpyramide vor Augen, überhaupt nicht über meine Erlebnisse sprechen oder gar schreiben. Ich mußte aus einer unendlichen Zahl von Möglichkeiten wählen, mein Leben, wie oftmals erwähnt, inmitten von unzähligen Möglichkeiten aufbauen. Aber jetzt, in dem Alter, in dem wir uns auf müden Beinen allmählich vom Dasein entfernen, wächst, obwohl ich bis heute nicht imstande bin, das ganze Geschehen zu durchschauen, auch in mir das Bedürfnis, dem Unheil in mir endlich mit Worten entgegenzutreten, die mir wahrer als die gefühlten Umstände scheinen. Früher, als man noch nicht den verborgenen Dimensionen des Universums auf der Spur war, gestalteten sich die Dinge durchaus erfreulicher: Einmal habe ich mit einem einzigen Mädchen in siebzehn Nächten einundfünfzigmal gebumst –

Du wirst in meinen Aufzeichnungen die innere Stimme des Kleinbürgers vernehmen, der ich, allen Träumen und großen Sprüchen zum Trotz – oder gerade deswegen – leider immer geblieben bin: Grundschullehrer im engen und düsteren Esch-sûr-Sure im Norden des Großherzogtums Luxemburg, der – mit sieben Kindern! – seine Reisen immer nur im Kopf unternommen hat. Die geschilderten Geschehnisse, Personen und Orte sind, wie Du leicht erkennen wirst, frei erfunden, nicht nur vertauscht oder, sagen wir: modifiziert. Der bizarre Charme der Träume besteht ja gerade darin, daß sie die Wahrheit zeigen, ohne einzelne, mehr oder weniger armselige Opfer unseres unvollkommenen Menschentums zu diffamieren. Die dem Traum zu Grunde liegenden Fakten, Wünsche und Ängste entschlüsseln sich ja von selbst. Was haben wir während unserer gemeinsamen Jugendzeit in Sibyllenburg nicht alles zur Sprache gebracht! Als Vierzehnjährige hatten wir beide, Franz, uns z. B. noch gemeinsam über dem Max-Eyth-Roman *Der Kampf um die Cheopspyramide* die Seelen heiß gelesen und uns in rührender Weise in Ägyptomanen verwandelt –

Warum habt Ihr mich meines angeblich mädchenhaften Aussehens wegen immer gehänselt und mich eurem Grinsen preisgegeben, wenn ich errötete? »Léonie« haben alle außer Dir mich gerufen oder auch als »Spielmännchen« verspottet. Ich bin mir gewiß, daß ihr hinter meinem Rücken ziemlich gemein über mich gelästert habt. Die Angst, daß die maliziösen Bemerkungen mir folgten oder neu entstünden, verließ mich auch nicht, als ich zusammen mit dir der Heimat davon- und immer weiter hinaus in die Wüste gelaufen war – wenn auch nur fiktiv. So weit, so schlecht. Nach den verlorenen Jahrzehnten, in denen wir seltsamerweise keine Kontakte zueinander pflegten, hat mich Dein Brief mächtig verwirrt und Dich sogleich wieder aufs Absurdeste in meine Träume verwickelt. Ägypten, das Deine endgültige Heimat geworden ist, habe ich im Leben niemals besucht. Wer weiß, wie oft und wie dicht wir trotzdem manchmal aneinander vorbei getorkelt sind. Also: Ich habe es nie geschafft, nach Amarna zu gelangen. Meist wäre es ja, wie Du geschrieben hast, außerordentlich gefährlich gewesen, dorthin zu reisen. Das Gefühl, »angekommen« zu sein, habe Dich, schreibst Du, gleich bei Deinem ersten Besuch Ende 1961 im Berliner Ägyptischen Museum überwältigt. 1968 wurden dann in uns auch noch die Begriffe »Empörung» und »Idealismus« freigelegt. Bei mir freilich zu spät. Denn während Du sie in kühnem Schwung noch mit Echnaton und Nofretete verknüpfen, Deine Vision (?) verwirklichen (?) und Dich bis zum heutigen Tag daran klammern konntest, habe ich damals wider mein eigenes – nun als etwas »richtiger« vermutetes – Weltbild gehandelt.

Aber welch innere Stimme will mir einreden, daß ich immer noch nicht in der Realität angelangt sei, nach wie vor durch die Wirren meiner unerfüllten Tagträume stolpere, mein Bewußtsein immer noch dagegen ankämpfe, wach zu werden:

Bin ich inmitten meiner schönsten Sturm- und Drang-Jahre dem abscheulichen Zeitgeist des zwanzigsten Jahrhunderts wirklich auf den Leim gegangen und habe nicht wenigstens den gottgefälligen Beruf des Lehrers, sondern denjenigen des die Schöpfung verunstaltenden Ingenieurs ergriffen? Darüber hinaus: Ich kann es einfach nicht glauben, all das, was ich im Traum schilderte, nicht erlebt zu haben: Keiner meiner Vorfahren war Jude, meine Familie ist seit Jahrhunderten im schwäbischen Sibyllenburg ansässig, in Luxemburg habe ich mich gerade mal, vor vielen Jahren, zwei oder drei Stunden aufgehalten, der Ortsname »Esch-sûr-Sure« ruft allerdings das leise Echo einer zärtlichen Erinnerung hervor –

Ist es denn wahr, daß ich in einer grauen bürgerlichen Karriere versank, die ihre – technisch gesehen – logische Bestimmung erfuhr, als meine Frau und mein Sohn bei einem Autounfall in der Nähe von Tübingen den Tod fanden? Warum bin ich nicht Archäologe geworden? Hoffe ich immer noch, während des Liebesspiels mit Nofretete im Palast der Wüste in die herrlichsten Lüfte zu fliegen?

Ratlos: Dein L.

An den spitzen Enden der unzähligen Sonnenstrahlen, in welche die alternde Königin – die leicht eingezogenen Wangen, die Falten um Augen, Nase und Mund! – die ganze Zeit über, wie ihm jetzt scheint, in Bilderrätsel verschnürt gewesen war, wachsen kleine menschliche, zernarbte, hart zupackende, ihn aus dem vom Nil herüber ziehenden Nebel zerrende Hände, so daß er fürchtet, zu sich zu kommen –

»Kann man denn«, fragte Leonhard, einer greisenhaft davonschlurfenden jugendlichen Gestalt nachblickend, »in dem sechzehnjährigen Dauergucker von Nachmittagskrawallrunden das Gefühl für Höheres wecken?« »Nein«, antwortete

Dr. Kroll vergnügt. Und Leonhard stellte ebenso gut gelaunt fest: »Das zwanzigste Jahrhundert war das Jahrhundert der Verbrecher, demzufolge wird das einundzwanzigste das der Psychotherapeuten sein.« Mit brummiger Fröhlichkeit schien ihm der Arzt zuzustimmen, so daß Leonhard es wagte, auf eine der beiden gerahmten Kunstreproduktionen an der Wand, eine gemalte Blechbüchse, zu deuten und zu bemerken: »Wenn ein hirnkranker Scharlatan zum Weltkünstler aufsteigen kann, sind auch die letzten Stricke, welche uns mit den Göttern verbanden, gerissen.« »Ja, wir trudeln seit einiger Zeit schon führungslos im Weltraum herum.« »Gott sei Dank ist sowohl dem idealistischen Schiller als auch dem gutmütigen Camus diese Erfahrung erspart geblieben.« »Ich verstehe nicht.« »Die beiden schmücken meinen Privataltar.« Dr. Kroll nickte, warf einen Blick auf das zweite Gemälde, lehnte sich zurück, schloß die Augen und schwärmte: »Poetische Unschärfen dringen ins Bild. Ein schwermütiges Legato schwebt über den irisierenden Darstellungen. Blau liegt auf Orange oder Rosa auf Goldgelb. Ein verschattetes Violett steigert die narkotische Wirkung.« Damit, fuhr er leise fort, strebe Bonnard die Verwirrung an, die durch die fingierte Weitsichtigkeit entstehe, *La Toilette* feiere die Frau als spektrale Erscheinung, worauf Leonhard entgegnete, das Bild sei miserabel, er halte es für das Produkt eines absoluten Dilettanten. In der langen Stille blickte Dr. Kroll ihn schläfrig von unten an. Der Gedanke, dachte Leonhard, daß es wirklich Bösartiges gibt, scheint ihm noch nie gekommen zu sein. Als er schon zu überlegen begann, mit welcher Therapie er das Krokodil aus seiner Lethargie locken könnte, rülpste es die drei weltbewegenden Worte heraus: »Ich habe Hunger.«

Nach der ersten Sitzung – bei der er wohl hauptsächlich nur die Höhe des zu erwartenden Honorars abschätzen wollte – hatte Dr. Kroll ihm zwei Schreibmaschinenseiten (»Vorschläge für das Schreiben eines vertieften Lebenslaufs«) voll einfältiger, hübsche und süffisante Variationen von Schwindel und Wahrheit geradezu herausfordernder Fragen über Familie und Kindheit (beispielsweise:»Was weiß ich über mich als kleines Kind aus Erzählungen der Familie?«), Schule und Beruf (»War die Berufswahl eine eigene Entscheidung oder wurde der Beruf von den Eltern vorgeschlagen?«), Sexualität und Partnerschaft (»Gab es Hilfen bei sexuellen Problemen, und wer half?«), Selbstbild (»Wie bin ich, und wie möchte ich sein?«), Körperbild (»Fühle ich mich wohl in meiner Haut, oder nicht?«), aktuelle Lebenssituation, Wünsche usw. mit der seltsamen Auflage in die Hände gedrückt, den Text so abzufassen, daß bis ins Detail das Gegenteil dessen formuliert werden sollte, was Leonhard für die Wahrheit hielt.

Im Gegenzug hatte Leonhard seinem verblüfften Psychotherapeuten die komplette Niederschrift seiner Träume über den Tisch gereicht. Nun, zu Beginn der zweiten Begegnung, bemerkte Dr. Kroll:»Ich habe Ihr Konvolut gelesen. Man träumt nicht von sich in der dritten Person. Das ist Literatur, und zwar schlechte.«»Sie wollen mich zerstören«, sagte Leonhard.»Nein, wieder aufbauen.«»Sie sind nicht mein Architekt.«»Wer sollte sich sonst um die Ruinen kümmern?«»Ich selbst.«»Die Geistesverwirrung unserer Zivilisation ist also bei Ihnen angekommen?«»Ja, nach dem Verlust von Frau und Sohn habe ich, um nicht wahnsinnig zu werden, die beiden mit den Phantasienamen *Aisha* und *Léon* belegt und, um Sie aufsuchen zu können, mich selbst für verrückt erklärt.«»Was ist mit Nofretete?«

»Das übliche Hirngespinst.« Der große, schwere Arzt, auch im Sitzen ein Riese, ordnete die Blätter mit dicken, ungeschickten Fingern säuerlich (wohl über die bizarre Rolle des im Manuskript provozierend »Adolf Kroll« genannten Gnoms grübelnd) zu einem unsauberen Stapel und entschloß sich schließlich zu einem seufzenden »Na dann.«»Wissen wollten Sie etwas anderes«, stellte Leonhard fest. »Nein, nein.«»Also ja«, meinte Leonhard, dachte: So eine Mutterbeziehung des Gefühlsentzugs kann man weder durch Yoga, noch durch Psychotherapie, noch durch Jogging ins Positive drehen, berichtete jedoch mit – wie er hoffte – *quälender* Ausführlichkeit: »Meine Eltern waren in extremer Weise von der Nazizeit geprägt. Die Mutter hatte eine panische Angst davor, in irgendeiner Weise aufzufallen und so das Interesse der Öffentlichkeit, also auch der Polizei auf sich zu lenken. Der Vater schien sich eher der deutschen Vergangenheit zu schämen, er hatte sich jedenfalls entschlossen, über sein eigenes Verhalten während jener Jahre und alles Weltanschauliche zu schweigen. Die Angst vor der Gestapo saß ihnen bis zum Ende ihres Lebens im Nacken.«

Dr. Kroll wiegte, ungeschickterweise sich Leonhard, seinem Patienten, gegenüber den Anschein von Bedenklichkeit und Zweifeln gebend, den Kopf, so daß diesem nur noch die Ironie blieb: »Mit meinem Lebenslauf bewerbe ich mich bei Gott um eine Stelle als Füger des eigenen Schicksals.« Dann erzählte er schwungvoll – fast singend, als ob er sich sogar über sich selbst amüsierte – gegen die gerunzelte Stirn des Psychoanalytikers an: »Ich wurde am 30. Juni 1941 in Sibyllenburg als zweiter Sohn von Ernst und Elise Spielmann geboren. Nach meinem Patenonkel, einem schwärmerischen Nationalsozialisten, der Anfang Februar 1945 noch an einer verirrten Kugel starb, wurde ich Leonhard genannt, ein Name, mit dem ich bis heute nicht zurechtkommen will. Der Vater verwaltete als städtischer Beamter den Haushalt der Gemeinde genauso sparsam wie die Finanzen der eigenen Familie, was bedeutete, daß dieselbe Eigenschaft, die unser Leben einengte, ihm öffentliche Anerkennung und Lob einbrachten. Meine Mutter, ganz ohne Bildung, tat alles, um meine Entwicklung zu hemmen. Nie hat sie sich an mein Bett gesetzt, um mir Märchen vorzulesen und mich zärtlich in den Schlaf zu wiegen. Spielsachen, später sogar Bücher, besaßen für sie keinerlei Wert. Ich durfte mich auf keinen Fall exponieren und die Aufmerksamkeit der Umwelt auf mich lenken. Die Nachbarn hatte ich eilfertig zu grüßen. Mutters größter Ehrgeiz war jedoch, in der Küche zu glänzen und das Haus in Ordnung zu halten. Geist und Seele, gar eine eigene Meinung, schienen bei ihr nicht vorzukommen und durften bei mir nicht vorhanden sein. Mein fünf Jahre älterer Bruder und der Vater trauten sich kaum jemals, ihr zu widersprechen. Wenn sie mich maßregelte, hielten sie sich außerhalb meines Gesichtsfeldes auf. Vielleicht beruht vieles auf Mißverständnissen, aber das Gefühl, von den beiden nur geduldet, aber niemals geschätzt und von der Mutter geradezu abgelehnt zu werden, begleitet mich ein Leben lang. Dieses Verlorensein versetzte mich oftmals – und tut es gelegentlich noch heute – in Panik. Brachte ich meine Trauer und Einsamkeit zur Sprache, bestrafte mich die Mutter mit Häme und drohte mir, mich wegen meines Aufbegehrens in eine Erziehungsanstalt zu stecken. Nie, auch nach guten Schulzeugnissen, gab es Lob für mich. Ich kannte weder Umarmungen noch Geschenke. Vor Wut über diese Niedertracht rannte ich häufig blutroten Gesichts aus dem Zimmer, während Vater und Bruder, von der Situation peinlich berührt, dazu schwiegen. Freundlichkeiten erfuhr ich nur draußen auf den Fußballwiesen und in den heimeligen Stuben der Spielkameraden. Dort gab es – unvorstellbar in unserem dürren Einfamilienhäuschen – Eltern, die ihre Kinder liebten und es ihnen auch zeigten. Die Angst vor der Gefühlskälte und Härte der eigenen Mutter wuchs von Jahr zu Jahr. Als bestem Schüler einer Klasse von 65 Jungen (gleichaltrige Mädchen waren damals einschüchternde, mysteriöse Wesen, vor denen ich mich zu hüten hatte) konnte sie mir den Sprung aufs Gymnasium, den seltsamerweise auch mein Bruder mit Leichtigkeit geschafft hatte, nicht verwehren: Wie auch immer sie schimpfte und keifte: Zwei Söhne auf dem Gymnasium standen dem Vater als höherem Beamten gut zu Gesicht, da setzte er sich endlich einmal durch. Dennoch beschloß er zu gegebener Zeit zu meinem Entsetzen, daß ich die Schule nach der Mittleren Reife verlassen und in den Verwaltungsdienst der Stadt eintreten sollte. Einen erfolgreichen akademischen Weg durchs Leben traute er mir, der ich inzwischen bei jeder Gelegenheit rasch und für alle erkennbar in Verlegenheit geriet, offenbar nicht zu. Dafür wurde ich von den anderen – und der ganzen, weit verzweigten, mich selbstgefällig und zufrieden bedauernden Verwandtschaft – oft belächelt, kaum noch ernst genommen und kam somit für echte und stärkende Freundschaften nicht mehr in Frage. Ob andere Gründe eine Rolle spielten, kann ich nur vermuten. Vielleicht fanden die Eltern den Gedanken, beiden Söhnen ein Studium zu finanzieren, unerträglich. Doch gerade in jenem Jahr hatte ich mich in Mathematik auf eine Eins hochgearbeitet, und es gelang mir, meinen Willen – die Erwachsenen, deren Charakter ich von den Eigenschaften des Vaters und der Mutter ableitete, und ihr Berufsalltag jagten mir nichts als Schrecken und Abscheu ein – durchzusetzen und auf der Schule zu bleiben, so daß sich das Selbstbewußtsein, das bereits am Boden gelegen hatte, noch einmal etwas aufrichten konnte, wenn es auch labil bleiben mußte: Tag für Tag sorgte die Mutter durch Herummäkeln, Zurechtweisen und Sticheln dafür. Ich erinnere mich an kein einziges freundliches oder aufmunterndes Wort. Zudem wurde ich von Anfang an – ein Einfall meiner Mutter, wie sie mir oft genug versicherte – nur *Leo* gerufen, was ich mit zunehmendem Alter als despektierlich und verstümmelnd empfand. Konfliktsituationen überstand ich nur unter größten Mühen, zurück blieb stets das Gefühl, wieder eine Niederlage erlitten zu haben. Nach dem Abitur, das ich naturgemäß dann eher schlecht – meine Mutter machte aus ihrer Verachtung und gleichzeitigen Genugtuung darüber kein Hehl – als recht bestand, fühlte ich mich, besonders im Vergleich zu den glücklichen, von ihren Angehörigen im Gegensatz zu mir gefeierten Mitschülern, als ganz und gar unfertige und unsichere Existenz.«

Dr. Kroll hob kurz die Hand, um ihn zu unterbrechen: »Alles gelogen?« »Ja.« »Wunderbar.«

»Mein Ich«, fuhr Leonhard zufrieden fort, »war so diffus, daß es nur ein äußerst brüchiges Selbstwertgefühl, auch keine fest umrissenen Interessen besaß, geschweige denn eine Vorstellung davon, was aus mir werden sollte. Dennoch, das dringende Bedürfnis, dem tumben und giftigen Heim-Biotop zu entfliehen, war stärker als die Angst des Gehemmten vor der unheimlichen, immerhin vage die Hoffnung auf Befreiung und Emanzipation nährenden Fremde. Ich ignorierte die mütterlichen Vorbehalte und Drohungen, mir jede finanzielle Unterstützung zu versagen, bewarb mich, kühn einem spontanen Einfall folgend, bei der Technischen Universität Berlin um einen Studienplatz an der Fakultät für das Bauingenieurwesen, erhielt die Zusage und machte mich, vom Vater heimlich mit einer monatlichen Apanage von dreihundert Mark ausgestattet, sechs Wochen nach dem Bau der Mauer klopfenden Herzens auf den Weg in die, wie ich mir einbildete, gleich mir so gesund – inzwischen ergötzten mich Träume, in denen ich mich lachend, von Pfeilen durchbohrt, am Pranger der Mutter erlebte – in die Enge getriebene Stadt.«

Dr. Kroll hatte schon seit Minuten immer wieder kräftig gegähnt, nun war er eingeschlafen. Vielleicht, dachte Leonhard, hat er sich nur auf eine befreiende Selbstreflexion zurückgezogen, fragt sich, ob die Geheimnisse auch *seiner* kostbaren Psyche in der schnöden Verschalung des Gehirns verschlüsselt herumliegen, verzweifelt angesichts der Tatsache, daß bis zu fünfundneunzig Prozent aller Gedankentätigkeit unbewußt ablaufen, versucht, die widerborstigen Synapsen und Neurotransmitter in seinem Schädel zur Rechenschaft zu ziehen, oder merkt einfach, daß ihm sogar der Zugang zur eigenen Biografie verbaut erscheint. Leonhard erhob sich behutsam und machte sich – »Alles gelogen? Dabei hatte ich noch nicht einmal meinen Namen geändert! War das diesem Heilkünstler nicht aufgefallen?« – geräuschlos aus dem Staub.

Es folgten Monate der Traurigkeit und des ungläubigen Staunens über sein unfrohes Sein. Doch die Sprache, an die er sich um Hilfe wandte, verriet ihm nichts, weil die Wörter zu wenig oder zu viel Inhalt mit sich trugen. Dann wünschte er gar nicht mehr zu wissen, was sie ihm mitteilen wollten. Oft entführten sie seine Gedanken, so daß er auf unbekanntem Terrain landete und Klarsicht und Urteilsvermögen sich entweder auf engstem Raum eingeschnürt sahen oder in allen Himmelsrichtungen zerbarsten. Zuweilen ließ er sich in die Gemäldegalerie vor Geertgen tot Sin Jans' *Johannes der Täufer in der Einöde* treiben, wo ihn das fast vergessene, aber jetzt umso berauschendere Gefühl der Selbsterkennung in schwindelnde, mit geschlossenen Augen genossene Weiten und Höhen trug. Doch wenige Atemzüge danach – ein Hüsteln, das scheue Klacken von Pfennigabsätzen genügten, ihn aus seiner Andacht zu reißen – fand er sich am einsamen Strand seines Bewußtseins wieder, nun gegen die grausame Einsicht, als Ingenieur nichts für die Menschheit getan zu haben, kämpfend. Er war jetzt vierundsechzig und befand sich seit achtzehn Monaten im Ruhestand. Er hatte im Leben nie viel gewagt und mehr oder weniger alles über sich ergehen lassen. Mangels klaren Lichts hatte er sich, weil er wie ein verbockter Schüler seine Lektion nicht lernen wollte, in den Hochnebeln Mitteleuropas, das wußte er nun, eindeutig selbst verfehlt. Er hatte nichts geschaffen, was sich zu verteidigen lohnte. Zuletzt war ihm eine untergeordnete Kontrollfunktion beim Bau der neuen Akademie der Künste – einst ein wunderbar diskursiver Ort im Hansaviertel – zugeteilt worden. Vor der Fertigstellung hatte er jedoch gekündigt, weil er sich für dieses kalte, unter mysteriösen Umständen (Modell: Wenn irgendwo in Texas ein Öl-Boß hinter seinem Glas Brandy maliziös lächelt, verlieren am anderen Ende der Welt in irgendeiner Wüste dreihundert Leute ihre Arbeit auf den Ölfeldern) errichtete Schaufenster am Pariser Platz, das höchstens für Modenschauen taugte, schämte.

Vor Jahren bereits war ihm klar geworden, daß er die Moderne – diese Ära der globalen Verbrechen, der Häßlichkeit und Verzerrung, des technologischen Wahnsinns und des Schwachsinns der Künste (das Derealisationsphänomen, das Dr. Kroll bei ihm diagnostizierte, war ja wohl das bestimmende Merkmal unserer Zeit) – und ihre Repräsentanten aus tiefstem Herzen verachtete. George Grosz hatte diese Stützen der Gesellschaft mit dampfender Scheiße in den Schädeln dargestellt. Genützt hat es nichts. Schönheit, hieß es im Alten Ägypten, dachte er wehmütig, könne dort nicht gedeihen, wo Maat, die Maßvolle und Gerechte, abwesend sei. Noch Schiller, glaubte er zu wissen, habe diese Meinung vertreten, zu der jeder gelange, der über genaues Beobachten, Erinnern und Reflektieren – das waren die Tugenden, die Leonhards Mutter zeitlebens verteufelt hatte – verfüge. Als Jugendlicher schon war Leonhard, sich von den Eltern abgeschoben und verlassend fühlend, in die Melancholie geflohen, als Student in kontrollierten Alkoholismus und als Erwachsener (1973 hatte er Franz in seinem paradiesischen Penthouse in Maadis 16. Straße besucht und elf Tage bei dem Archäologen gewohnt. Doch als dieser vom Gerücht eines bevorstehenden Militärschlags gegen Israel erzählte, hatte Leonhard Ägypten fluchtartig verlassen. Danach war die Freundschaft mit Franz zu Bruch gegangen. Seit dreiunddreißig Jahren quälen Leonhard Angststörungen, den Ärzten nicht erklärliche Schwächeanfälle und das Trauma, ein Feigling und Versager zu sein) in den gläsernen Schutz einer erdachten Ehe –

Er will das alles vergessen, doch der Zwang, immer mehr über sich erfahren zu wollen, ist stärker. So steht er dann, Mitte Februar 2006, in der Schlange vor der Garderobe der Neuen Nationalgalerie, blättert genervt im kostenlos verteilten Ausstellungsprospekt und liest: »*Zur Zeit des Aristoteles kam die These auf, daß Menschen von besonderer Kreativität und Vorstellungskraft Gefahr laufen, bis zur völligen Resignation in ihrer Gedankenwelt verloren zu gehen.*« Es war, als ob dieser Satz ihn wach geküßt hätte: Nun kann er sich endlich mit offenen Augen orientieren; und plötzlich, von dem dummen, egozentrischen, anmaßenden, eitlen, teilweise verschlagenen und bösartigen Geschwätz der Umstehenden angewidert, stimmt es ihn froh, daß sein bescheidenes Wesen immer wieder einer Karriere als öffentlichkeitsgeiler Schriftsteller oder Archäologe im Wege gestanden hatte und er seine lange vor den anderen versteckte, selbst aber auch nie ausgelebte Erkenntnis, der Mensch verteidige seine Würde nicht durch Nicken und Schwanzeinziehen, ausdrücklich bestätigt sieht. (Und Leonhard erinnert sich mit Schaudern: Für Lösungen im Karikaturenstreit, erklärte kürzlich im Feuilleton ein junger Autor, der einmal im Leben in Kairo gewesen war, fühle er sich nicht zuständig; sogleich maßte diese bornierte Kreatur sich aber das Urteil an, im Moment seien die Beziehungen zwischen Orient und Okzident bei den Steinzeitreflexen angelangt: Knüppelschwingen und Brüllen.) Das geht ihm vor Füsslis Gemälde *Ezzelin, Graf von Ravenna, brütend an der Leiche seiner Gemahlin Meduna, die er wegen ihrer Untreue getötet hat* durch den Kopf, während er vor dem vertrauten *Johannes der Täufer in der Einöde* weiche Knie bekommt und einem aufmerksamen Wärter ohnmächtig in die Arme sinkt.

Er hat ihr, träumt er, Sandalen aus Rehleder, ein durchsichtiges Wickelgewand, Schminkpaletten, Salbgefäße, einen Spiegel, Haarnadeln und Kämme mit auf die Reise gegeben. Jedes Leben umfasst acht Kapitel: die sieben, in denen es sich die Welt erschafft, und ein achtes, in dem diese stirbt. Täglich sucht Leonhard das Grab in der Wüste auf, stellt sich neben die Stele aus Rosengranit und deklamiert still den Text der eingravierten und in leuchtenden Farben ausgemalten Hieroglyphen, die vom Wunder der Liebe erzählen: *Hetep di nisut Usir neb Djedu netjer aa neb Abdju em sut-ef nefret peret-cheru ta henket kau abedu sches menchet en –* (Nofretete, den Namen seiner Frau, der schönsten und vollkommensten, bringt er nicht über die Lippen).

Als er im Taxi eine halbe Stunde später das Sony Center passiert, reizt ihn die idiotische und unmäßige Anlage zu einer unflätigen Bemerkung. Er könne nicht begreifen, daß Menschen sich derart verzerrte und naturfeindliche Lebensräume schafften, erwidert er dem Fahrer auf dessen verblüffte Frage nach dem Grund seines Zorns.

»Sind Sie Architekt?«

»So ungefähr.«

»Darf ich raten? Am liebsten würden Sie alles abreißen.«

»Und den durchlöcherten Kanister von Kanzleramt gleich mit.«

»Und weil das nicht geht?«

»Werde ich mich nach Kairo aufmachen.«

Der Fahrer lacht verblüfft:»Ausgerechnet? Vom Regen in die –«

»Ich kann nur noch ernst nehmen, was sich in meinen Träumen ereignet.«

»Wenn Sie sich da mal nicht täuschen.«

»Steht mir eine solche Reise etwa nicht zu?«

»Wie lange wollen Sie bleiben?«

»Unbefristet, ich muß mich mit alten Freunden und Feinden versöhnen.«

»Aber der Grund für Ihre Flucht sieht anders aus.«

»Wissen Sie«, fragt Leonhard amüsiert,»daß das vorlaute Weissagen dem Wahnsinn verwandt ist?«

»Erfahre ich täglich am eigenen Leib«, lächelt der arabische Fahrer.

»Nun gut. Die Wahrheit ist: Ich fahre wegen der Demonstrationen und Terroranschläge hin.«

»Also sind Sie Journalist?«

»Keineswegs.«

»Aber welcher vernünftige Mensch begibt sich –?«

»Ich«, erwidert Leonhard.

»Waffenhändler?«

»Dann wäre ich inkognito unterwegs.«

»Für mich sind Sie das.«

»Umso besser. Ich werde trotzdem meinen Spaß haben.«

»Sie werden den Bau einer Nilbrücke leiten, aber auch ein anderes Leben führen wollen, den Zugang zu den Reichen suchen –«

»Nein, ich kenne diese zu gut.«

»Lockt Sie der Islam?«

»Gott behüte.«

»Auch Christen machen viel Aufhebens um ihre Religion und legen keinerlei Menschlichkeit an den Tag.«

»Ach, Sie haben die *Brüder Karamasov* geiesen?«

»Ich brauche keine Bücher, ich fühle mich da am wohlsten, wo ich mich ungestört mir selbst überlassen kann.«

»Im Taxi.«

»Beispielsweise.«

»Glaube ich Ihnen nicht.«

Eine lange Pause entsteht, dann schüttelt der Fahrer den Kopf und meint:»Sie sind mir ein Rätsel. *Eigentlich* möchten Sie in der Einöde leben.«

»Wie Sie?«

»Habe ich recht?«

»Vielleicht.«

»Die einzige Lösung.«

»Wie kommen Sie darauf?«

»Ach – einfach ein absichtsloses Dasein, ein Zusammenleben von Menschen und Tieren ohne zivilisatorische Arbeit.«

»In edler Einfalt und stiller Größe.«

»Ja.«

»Sie verblüffen mich.«

»Kennen Sie«, fragte der Fahrer,»die Erzählung *Der Abtrünnige oder Ein verwirrter Geist* von Camus?«

»Sie endet mit den Worten: *Eine Handvoll Salz umschloß den Mund des geschwätzigen Sklaven.*«

»Richtig.«

»In der Wüste, scheint mir, werden die Sinne geschärft, das Auge wird lebhafter, das Hirn intelligenter –«

»Das Licht, meinten van Gogh und Echnaton gleichermaßen, sei maßgebend für die Wahrnehmung des eigenen Innern.«

»Sofern man«, seufzt Leonhard,»die Strapazen der beißenden Hitze durchsteht.«

»Ich selbst litt unter der gleißenden Helligkeit.«

»Deswegen sind Sie hier?«

»Ja. Nein.«

»Auch klar.«

»Meine Mutter mußte sich anbrüllen lassen, wenn sie auf dem Küchenboden ein Papierchen hatte liegen oder im Klo das Licht brennen lassen. Mein Vater titulierte sie Schlampe, Arschloch, Pißnelke, Nutte, dumme Sau und spuckte sie dabei an. Vor den Augen meiner Geschwister und mir. Ich stamme aus Bab el-Louk, wir wohnten ganz in der Nähe der Deutschen Schule. Manchmal, vertraute mir meine Schwester an, habe der Vater, wenn er Geschlechtsverkehr wünschte, die Mutter an den Schamhaaren durchs Zimmer geschleift.«

»In Deutschland«, sagt Leonhard, »wird jede dritte Frau von ihrem Mann körperlich und seelisch misshandelt.«

»Ich bekomme es täglich von Fahrgästen gebeichtet.«

»Und was noch?«

»Oft genug seien es keine fanatischen SS-Leute, sondern freundliche Familienväter gewesen, gewöhnliche Deutsche, mehrere hunderttausend, die als Angehörige von Wehrmachtseinheiten direkt an Tötungs- und Vernichtungsaktionen beteiligt –«

»Darin sind sich alle Völker gleich«, wiegelt Leonhard ab und schämt sich im selben Augenblick dieser –

»Gab es die Mörder auch in Ihrer Familie?«

»Woher soll ich das wissen?«

Der Fahrer nickt: »Natürlich. Entschuldigung, ich weiß nicht, wovon ich rede. Mit jedem Einsatz tauchen neue Mysterien auf.«

»Hier.«

Das Taxi hält, Leonhard zahlt und steigt aus.

»Das Wiedersehen mit Deutschland wird Sie in die Nervenheilanstalt bringen«, hört er noch. Aber war die Stimme im Gemurmel des anfahrenden Wagens auch zu verstehen?

～～ Achetaton, verlorene Welt ～～

1

Verwundert fragt er sich, in welchen Windungen seines Gehirns die metaphorisch schillernden Landschaften versteckt sind, in denen er weit über sich hinaus zu handeln und mit blumigen Gespinsten ausgelassene Reigen zu tanzen vermag. War er jahrzehntelang nicht stumpf, als grauer und phantasieloser Zeitgenosse, durch seinen deutschen Alltag gestapft? Hatte sich die Seele etwa schon früher jene wirren Bilder und Zeichnungen zurechtgelegt, um ihm jetzt, in ägyptischer Dunkelheit, Nacht für Nacht seine Verworfenheit zu offenbaren? Und warum versucht er dann morgens, auf Zehenspitzen balancierend, das verdorrte Sträußchen seiner Träume durchs Zellengitter in die weiße Landschaft der mit Kalkstaub bedeckten Baumgerippe und Wohngruften von Tura zu werfen? Während sie ihn umgarnten und einwickelten, schwelgte er in ihrer bezaubernden Logik oder zitterte vor Angst, wenn der Alp ihm direkt auf der Brust saß. Nach dem Erwachen liegt er dann wie verdattert da. Warum benötigt man, um sie zu verstehen – sind sie denn zu verstehen? – einen Psychoanalytiker? Bedeutet, wenn Leonhard nächtelang als Léon herumgeistert und sich an Nofretete vergreifen will, daß er sich Frau und Sohn wünscht? Oder eher das Gegenteil? Er rennt gegen eine Nebelwand, wenn er die Bilder fassen will. Und wenn sie eine tiefere Wahrheit enthalten – wie Sigmund Freud kennt er sie nicht. Jener war wohl, als wacher Intellektueller, im Nebenberuf ein phantasievoller Voyeur, mit einem Wort: ein geiler Sack und hochneurotischer Masturbator. Oder lügen und wünschen wir auch in unseren Träumen einfach nur unverschämt?

Sofort nach meiner Einlieferung vor ungefähr zweiundsiebzig Stunden trat ich in den Hungerstreik. Die eineinhalb Liter Wasser, die man mir in einer Plastikflasche täglich zur Verfügung stellt, werden nicht reichen, um einen nackten Affen wie mich in dieser trockenen, heißen, gepuderten Luft lange am Leben zu halten. Ob ich das, meine erste Revolte überhaupt, also durchstehen werde, kann ich Ihnen nicht sagen. Es hätte auch keinen Sinn, denn Sie verstehen meine – und ich verstehe Ihre Sprache nicht.

Welche Riten heutzutage im einstmals blühenden Okzident zelebriert würden, darüber könne er nur noch rätseln und lachen. Unüberschaubarer und, im Dschungel der Korruption, der er zuweilen die Hand habe reichen müssen, verwilderter denn je erscheine ihm das Abendland. Wenn auch der Einfluß Amerikas auf die systematische Zersetzung der letzten menschenfreundlichen Ideen glücklicherweise abzunehmen scheine, seien immer noch der Kern, das Fleisch und die Ränder Europas von tödlichen Viren befallen. Gleichzeitig stelle er bei immer mehr Menschen ein wachsendes Interesse an jeder Art von Verschrobenheit fest, eine Empathieschwäche mit Sonderlingszügen, ein gestörtes Verhältnis von globalem Konsens und Individualität, eine durch die Massenmedien über alles Bekannte hinaus ermöglichte und mittels elektronischer Kommunikationstechnologien konsolidierte gesellschaftliche Homogenisierung, als deren Folge der Autismus schon weit verbreitet sei. Man brauche nur durch die Fernsehprogramme zu stolpern, in ein Rock-Konzert, ins Fußballstadion, in ein Internet-Café zu gehen oder auch nur zu beobachten, wie viele Menschen auf der Straße handygesteuert dahintappen. Selbst als Ingenieur könne man privat darauf verzichten und sich, hochtrabend ausgedrückt, an Schiller, Kafka, Thomas Mann festhalten. Ob sich die moderne Literatur den alten humanen Werten noch stelle? Gewiß nicht, denn die Geschichten, die Jungromanciers erzählten, begännen damit, daß ein zwölfjähriger Junge einer Vorschülerin regelmäßig zwischen die Beine fasse, einem Mädchen, das dann mit neun Jahren vom letzten Freund ihrer nur noch an Frauen interessierten Mutter vergewaltigt werde, um sich eine Dekade später nach monströsesten Pariser Schlampereien in skandinavischen Hauptstädten und im Amsterdamer Rotlichtviertel als Tätowierkünstlerin zu verdingen. Ende. Vorgestellt würden diese Neo-Dichtungen in lässiger Lounge-Atmosphäre unter häßlichen Kunststoffleuchten, wo sich das Publikum bei technoidem Club-Sound auf poppigbunten Sesseln flegle. Die dämlichsten Literaturfestivals, und jede Verbandsgemeinde im weiten Land rühme sich eines solchen, dauerten wenigstens drei Abende und würden als Marathon aus jeweils zwanzigminütigen, meist heruntergestotterten Lesungen und verschiedenen, Multimedia-Performances genannten Idiotien veranstaltet. Offenbar befände er sich noch auf der vorvorigen Stufe der Evolution, denn was er unter Kultur verstehe, werde nur noch schüchtern auf Museumsinseln in gläsernen Vitrinen präsentiert und bereits zur Antike gezählt –

Also: Um die Welt endlich einmal als gebildet, gesittet und gesund, die Natur nicht als das Entlegene, Exotische und

Bedrohliche zu erleben und Politik und Verrat möglichst ausklammern zu können, werde er sich hoffnungsvoll zur sonnenklaren Reinheit der Menschen am Nil aufmachen, hat Leonhard trotz des beunruhigenden Briefes, den Franz Morbach ihm kürzlich zukommen ließ, seltsamerweise an diesen nach Kairo geschrieben.

Ich hatte keine Ahnung davon, wie leicht man als Ausländer, eines schüchternen Kusses wegen, in einem ägyptischen Gefängnis landen kann. Haben Sie meine Bitte um Benachrichtigung meines Freundes weitergeleitet? Er wird, sofern sein Besuch genehmigt wird, sofort hier sein, glauben Sie mir. Auch an Ihnen rinnt der Schweiß in Strömen herab. Sehen Sie, so sind wir durch die Macht der Natur miteinander verbunden. Sie lächeln, scheinen vielleicht ganz ähnlichen Grübeleien nachzuhängen. Oder denken Sie an die Erlösung der Langeweile durch das nächste Gebet? Ja, den Glauben halte ich, obwohl ich der christlichen Religion abgeschworen habe, immer noch für wirksamer als jede Psychotherapie. Der Freund, von dem ich vorher gesprochen habe, erlebe es, wie er mir schrieb, am eigenen Leibe. Seit einem Dutzend Jahren sei er mit einer Göttin verheiratet, sei stolzer Vater dreier prächtiger Kinder – und doch lebe er immer mit dem Bild der eigenen Leiche im Rücken, auch in der Archäologie seien Intrigen allgegenwärtig, hinzu komme, daß Land und Leute ihm mehr oder weniger fremd geblieben seien und er durch die Sorge um die Familie sich zum kurzsichtigen und engstirnigen Kleinbürger zurückentwickelt habe. Daß er die Hieroglyphenschrift beherrsche und das Alte Ägypten sozusagen berufsbedingt mit sich herumtrage, habe sich so versachlicht, daß er es inzwischen schon nicht mehr als Teil seines Selbst betrachte. Er liebe die Wüste, das Hinausgaloppieren in die Weite der eigenen Seele, träume aber in jeder dritten Nacht von den gleißenden Skipisten und tannengrünen Höhen des Schwarzwaldes. Nur sein Übertritt in die koptische Kirche, der ja seine Frau angehöre, lasse ihm, auch wenn er den Glauben nicht praktiziere, das Leben in

Kairo erträglich erscheinen. Das Grauen packe ihn, wenn er sich in den Nebenstraßen der Stadt oder in den Dörfern umsehe. Elend und Armut bei der breiten Bevölkerung, pharaonenhafter Reichtum in der klitzekleinen Oberschicht. Ist Ihnen klar, daß die Arbeit der fleißigen Fellachen ausschließlich dem Profit Ihres Präsidenten und seiner Entourage dient – und der Weltmarkt ihm das meiste davon wieder abknöpft, zu unfairen Preisen? Weiß Ihr Volk, wissen Sie, daß der älteste bisher bekannte Großsteinbau der Welt bei der türkischen Stadt Urfa liegt und siebeneinhalbtausend Jahre älter ist als Ihre geheiligte Cheopspyramide?

Wir haben uns jetzt lange angeschwiegen. Was mir dabei durch den Kopf ging: Daß Sie sicherlich keine Ahnung haben, wer sich hinter dem Namen Dietrich Bonhoeffer verbirgt. Oh, er wurde vor genau hundert Jahren geboren. Sohn eines Berliner Neurologie-Professors, Pastor und, kurz gesagt, Widerstandskämpfer, der aber auch Raucher wie Sie und Rheumatiker wie ich war. Nach achtzehn Monaten im Tegeler Wehrmachtsgefängnis war er in den Keller des Reichssicherheitshauptamtes gebracht worden. Keine Folter, immerhin. Danach wurde er nach Buchenwald und anschließend, als von jenseits der Werra schon die Artillerie der Amerikaner zu hören war, mit einem Holzvergaser-LKW nach Süddeutschland verlegt. Früh am 8. April 1945 hat er für Mithäftlinge noch eine Andacht gehalten, vermutlich versucht, den anderen für den Gott der Bibel, der durch seine Ohnmacht in der Welt Macht und Raum gewinne, den Blick zu öffnen. Immer wieder hatte er während der Haft in Briefen und Notizen Hoffnungsfragmente skizziert. In der Dämmerung des 9. April die Urteilsvollstreckung. Er betet kniend, zieht sich aus, geht nackt zum Galgen. Noch ein Gebet, dann steigt der Neununddreißigjährige die Stufen hoch. Exitus nach Sekunden. Vor ihm verneige ich mich.

Das gebe ich Ihnen, wenn Sie erlauben, als Trost für den neuen Tag mit. Im Übrigen: Welcher lebenswichtigen Aufgabe im Staate dient unsere noble Anstalt hier? Ich merke, daß Ihnen mein Gerede* *auf die Nerven geht. Würden Sie meine Worte verstehen, müßten Sie zur Peitsche greifen oder mir den Mund landesgemäß mit – was denn wohl? – trockenem Wüstensand füllen. Mein Wissen wäre für Sie nicht erhebend, sondern niederschmetternd und bedrückend. Dabei weiß ich noch nicht einmal, was für eine Rolle Sie spielen: Sind Sie lediglich mein Aufseher, oder werden Sie bald auch mein Folterknecht sein?*

2

»*Es zog mich die Verwirrung der Bruchstücke an. Nicht das Ethische. Aber das Problematische der Fragmente.*« So habe, erfuhr er, Nietzsche beschrieben, was ihn an dem vorsokratischen Lyriker Theognis interessierte. In seinem Brief hatte Franz auch begründet, warum Leonhard ihm »unter allen Umständen das Insel-Taschenbuch Nr. 2610, *Nietzsches Kunst. Annäherung an einen Denkartisten*, von Rüdiger Görner« mitbringen solle: Er suche Antworten auf die Fragen »Wie sich verhalten, wenn sich die Werte umzuwerten beginnen?« und »Soll man es sich dann herausnehmen, selbst unzeitgemäß zu werden und dem Zeitgeist zu widerstehen?« Nun gut, jetzt erst, im Flugzeug nach Kairo, bequemte sich Leonhard, in dem adretten Bändchen (den Umschlag zierte Hodlers »Thunersee-Landschaft« von 1904) zu blättern. Oft nickte er, gelegentlich schüttelte er den Kopf, manchmal schloß er minutenlang die Augen und einmal, nachdem er von Nietzsches Sucht nach Universalwissen gelesen hatte, starrte er, als wolle er die Atmosphäre durchdringen, zum Fenster hinaus, um das Buch nach Wiederaufnahme der Lektüre bei dem Gedanken, das Fernsehen isoliere auch ihn immer mehr, weil die ganze Flut der Menschheit in ihm rausche, schließlich abrupt zuzuklappen und in der Rückentasche des Vordersitzes zu versenken, wonach ihn umso mehr wieder die Langeweile und eines seiner Grundübel, die »restless legs«, heimsuchten.

Alle Augenblicke mußte er auf engstem Raum die Stellung seiner Beine verändern und die strafenden Blicke der älteren, dunkelhäutigen Dame, die neben ihm saß, ertragen. Er hatte versäumt, sich wenigstens einen Platz am Gang reservieren zu lassen. Eine schier unerträgliche Art des Reisens, voller Qualen. Und dauernd das ungeduldige Schielen nach dem Sekundenzeiger. Wenn man darüber hinaus Rom und Athen zehntausend Meter links unter sich liegen lassen muß, als handle es sich um verlassene Schutthalden, darf, dachte er, das Ziel ruhig im Mystischen und Jenseitigen liegen. In welchen Phantasmagorien wird die Wahrheit über ihn deutlich, in welchen über die ganze Welt, und in welchen wird sie bis zur Unkenntlichkeit verzerrt? Wenn er von hier oben aus die Erde aus dem Sessel beherrschen, den Untergang der Menschheit, wenigstens den der oberen hundert Millionen, inszenieren und in aller Ruhe bei, beispielsweise, Spaghetti vongole beobachten könnte!

Als andere auf die Straße gingen wegen all der Ungerechtigkeiten und Mißstände in der Welt, hatte Leonhard (auch sein Schlüsselbegriff hieß Angst) mit Zittern auf Atomraketen, Waldsterben und die Prognosen des »Club of Rome« reagiert und sich abends auf seinem Zimmerchen in die Mausefalle seiner Ingenieurbücher begeben. Heute ist er süchtig nach Klimakatastrophen, Terrorismus und so delikaten Gerichten wie Rinderwahnsinn, Vogelgrippe und Schweinepest, obwohl er sich weder für zynisch, noch für besonders humorvoll hält. Seinen matschigen, vor Lehmklumpen, Armierungsmatten, Bauzeichnungen, Beton und mörderischem Caterpillar-Getöse überquellenden Beruf hat er von Beginn an nur widerstrebend und deshalb stümperhaft ausgeübt und demzufolge das vom Vater nach dessen verdientem Tod auf Befehl der unnachgiebigen Mutter übernommene Baugeschäft in wenigen Jahren, wie von seinen Arbeitern grinsend prophezeit, in den Ruin geführt. Bis zu seinem – von allen Kollegen herbeigesehnten – Rückzug in den Ruhestand war er bei jenem Konzern beschäftigt, der seine kleine Firma mit allen fünfundzwanzig Beschäftigten damals mit einem Haps geschluckt hatte. Er hat immer zu Hause gewohnt und auch als Student nie eine Freundin gehabt, immer nur heimlich nach Sex und Liebe geflennt. Die Mutter wollte es so, er sollte sich ganz auf sein Studium und dann auf den Beruf konzentrieren, und als sie ihm durch ihr Ableben endlich etwas Luft verschaffte, war er schon ein gebeugter Mann, noch lange Zeit unfähig zum aufrechten Gang. Erst allmählich begann er, sich für das sogenannte Weltgeschehen außerhalb der Baustellen und des Einflußbereichs seiner Mutter zu interessieren. Bald redete er mit, wenn es an Stammtischen und anderen Laienzirkeln um schmelzende Gletscher, steigende Meeresspiegel und stärkere Hurrikane ging, verstieg sich zu Warnungen vor einer Veränderung der Atmosphäre und einer Verringerung der Artenvielfalt in Pflanzen- und Tierreich und tönte, vom Bier und bald auch von sich und der Ernsthaftigkeit seines Themas berauscht, wer verhindern wolle, daß die Verknappung von Wasser und der Klimawandel Kriege auslösten, müsse die ökologischen Grenzen beachten, wonach er, zum Weltgewissen erhoben, stolzen Herzens nach Hause schwankte.

Aber eigentlich hatte ihm erst Franz' überraschende Einladung nach Kairo den Rücken gestrafft. So drückt er auch jetzt, da er liest, daß die Statistik den Deutschen ihr sicheres Aussterben vorausgesagt hat, sofern sie bei der Bevölkerungsentwicklung Kurs hielten und weiter so wenig Kinder bekämen, das Kreuz durch und streckt und dehnt sich bis zur Pose überlegener Besserwisserei: Selbst der Fall der Mauer hatte nicht genügend Wucht besessen, um das Volk – im Gegensatz zu ihm – aus seinem Phlegma zu befreien. Die Geburtenzahl sei 2005 auf den tiefsten Stand seit 1945 gefallen. Ah, für ein Kind war er leider zu alt. Außerdem würde er für Sohn oder Tochter keine Schule finden, an der die Zöglinge noch überwiegend Deutsch sprächen. Zweifelnd blickte er an sich hinunter, dorthin, wo sein Geschlechtsteil schlaff unter dem Hosenstoff ruhte. Bis er wieder seinen hochmütigen Dialog mit sich aufnahm, dachte er sich aufatmend und schadenfroh in die Abwärtsspirale von Bevölkerungsschwund und Kinderarmut hinein. »Ein Wort zur deutschen Außenpolitik?« »Interessiert mich nicht mehr.« »In Europa macht sich zunehmend Protektionismus breit, können wir so die Globalisierung bestehen?« »Ist mir inzwischen scheißegal.« »Irans Führung will direkt mit den USA über sein Atomprogramm verhandeln, soll Washington jetzt die bisherige Taktik, nur über Mittelsmänner mit Teheran zu sprechen, aufgeben?« »Ich kann mich doch nicht auch noch darum kümmern. Ich fliege, mehr braucht es nicht.« »Ach, damit wir es nicht vergessen: Sich verkleiden, mit verstellter Stimme sprechen, falsche Absichten vorgeben und mit den echten hinter dem Berg halten: So funktioniert es, und so machen es alle.«

Einigermaßen zufrieden greift er zur ausgeteilten Zeitung. Politik, Wirtschaft, Finanzen und Sport legt er angewidert beiseite. Feuilleton: »Den kahlrasierten, sagenhaft tätowierten Autor mit der Nickelbrille indes bekam man kaum zu sehen, weil er ständig von Kameras umgeben war; kein Wunder, denn ein solch kraftvolles, unbeirrtes Debut hat die deutsche Literatur lange nicht mehr erlebt; ein Buch voller Wut, Trauer, Pathos und Aberwitz, ein Roman über eine verschworene Gang von Leipziger Kleinkriminellen, die nicht nur gegen Polizei, Eltern, und gegnerische Banden randaliert, sondern gegen ihre ganze Existenz.« Der Himmel über der Stadt, oder auch unter ihr. Schnell weiter, oh Gott. Er wendet sich nach links:»Wenn ich umblättere, stört Sie der Stoß meines Ellenbogens, das Rascheln des unhandlichen Papierbogens. Dann, schlage ich vor, beteilige ich Sie am Genuß und lese Ihnen – Sie wurden in Assuan geboren, meine Dame? – einfach vor, was unbedingt in Ihre Ohren gehört. Wer ich bin? Nun, ich wurde 1941 in Süddeutschland geboren, meine Eltern waren früh aus Königsberg geflüchtet – nein, entschuldigen Sie, ich lasse das lieber. Im Grunde bin ich – mit fünfundsechzig – immer noch schüchtern. Daher fallen mir auch keine einsichtigen und gleichzeitig befreienden Geschichten ein. Um sie zu erzählen, muß man aus sich hinaus treten dürfen. Das wird mir niemals gelingen. Ich kann Ihnen immer nur schildern, was mir mein amputiertes Bewußtsein und der Phantomschmerz gerade so mitteilen. Sie stören sich nicht daran? Danke. Wie fahre ich fort? Es gibt eine germanische Neurose: Alles, was deutsches Schicksal sei, stehe unter Verdacht, das Land definiere sich nur durch seine vergangene Verbrecherrolle. Schön, daß Sie sich amüsieren. Ja natürlich, sagen Sie, angesichts des Universums draußen. Wie recht Sie haben, auch ich stehe ganz im Banne der Morgenröte einer neuen Revolution. Schon als Schüler pflegte ich mir eine grobgliedrige Kette um die Hand zu wickeln, bevor ich meinem Opfer das Gesicht zerfetzte. Zur Zeit sind Totschläger im Kommen, dreigliedrige, schlanke Knüppel, die zusammengeschoben im Ärmel verschwinden. Auch rasierklingenscharfe Teppichschneider sind wieder in Mode, sowie, wenn es Sie interessiert, Kartoffelschälmesser, Brotmesser, Schlachtermesser. Wer nicht mitmacht, wird als *Loser* bezeichnet. Spricht auch Ihnen aus dem Herzen, nicht wahr? Ja, man muß respektiert werden, ob als Schriftsteller,

Ingenieur oder Straßenkind. Aber das ist verdammt schwer, Sie verstehen? Merken Sie, daß ich in einer geheimen Sprache kommuniziere, die nur der liebe Gott, jedoch nicht der Teufel versteht? Oder umgekehrt. Was ich sagen will: Jeder, der behauptet, daß es gegenwärtig kein Problem mit den Frauen in den westlichen Gesellschaften gibt, ist bekloppt. Aber das Problem sind Männer wie ich, nicht das Christentum. Und wer seinen Sohn und seine Tochter ungleich behandelt, wer Zwangsehen vollzieht, Frauen verstümmelt, schlägt und unterdrückt, kann sich auch ersatzweise nicht auf den Koran berufen. Sie schlafen, meine Dame. Ich ahne, daß Sie, als Sie noch keine zehn waren, von zu Hause in Richtung Kairo abgehauen sind, kurz nachdem Ihr Vater, Fahrer eines Butangasflaschen-Transporters, an der israelischen Grenze mit seinem Lastwagen explodiert war. Was soll ich dagegen sagen? Mit ihren Geschwistern verbindet unsere so überaus sanft lächelnde, aufregend dahertänzelnde Stewardess ein unbekannter gemeinsamer Vater – ein Samenspender, behaupte ich mal. Technische Machbarkeit hat noch nie jemandem eine Antwort auf seine Gefühlswelt gegeben. Auch Ihre und meine Gespaltenheiten sind nichts, was irgendwie therapierbar oder einer soziologischen Erklärung zugänglich wäre. Ich reiche Ihnen meinen Taschenspiegel, ohne den ich niemals das Haus verlasse, weil er mir bei Bedarf am ehesten noch vermittelt, daß ich bin. Erkennen Sie sich wieder, wenn der Schaum vor Ihrem Mund, wie in diesem Moment, gelbliche Blasen wirft?«

Er spürt ihren Blick. Hat er das nur gedacht oder peinlicherweise sogar vor sich hin gemurmelt? »Wenn ich träume«, erklärt sie lächelnd, in akzentfreiem Deutsch (und sofort fühlt er sich, seines wenig eleganten schwäbischen Tonfalls wegen, den er trotz aller Bemühungen nie hat ablegen können, der Farbigen unterlegen), »gerate ich schnell durcheinander.«

»Ach«, bemerkt er erleichtert. »Sie ahnen kaum, wie es da in mir zugeht.« »Ein wenig schon«, erwidert er vorsichtig. Sie sieht ihn prüfend an: »Wir erreichen bald den mythischsten aller Flüsse.« »Ich freue mich darauf.« »Zum ersten Mal?« »Nein.« »Schön. Was sind Sie von Beruf?« Er ärgert sich über die indiskrete Frage, denkt an sein mißlungenes Leben und antwortet: »Lehrer.« Ein wohlwollender Seitenblick: »Ja, so sehen Sie auch aus.« »Danke, nach zwei Stunden Unterricht ist der Grad meiner Zufriedenheit und Selbstachtung auf Null gesunken.« Sie seufzt: »Ich selbst bin Ingenieurin.« Das eigenartig tröstliche Gefühl von Nähe drückt ihn in den Sitz, und ihm wird, wie immer bei zufälligen Koinzidenzen, leicht schwindlig, eine Gänsehaut läuft ihm über den Körper. »Seit kurzem im Ruhestand«, plaudert sie weiter. Also ist sie auch noch in seinem Alter. Sie sieht zehn Jahre jünger aus, riecht wie eine dunkelblaue Blume. Soll er ihr sagen, daß er den gleichen Beruf hat? »Ich bin auf dem Weg nach Hause.« »Das freut mich für Sie.« »Ja«, sagt sie wie befreit, »hier oben verändern sich die Sinne für Raum und Zeit, die Höhen und Tiefen der Gegenwart schrumpfen auf ein kleineres Maß, und man fühlt sich als Teil eines viel größeren Kontinuums.« »Eine Einsicht«, meint er mit mildem Spott, »die den ephemeren Sorgen, die uns Tag für Tag durch den Kopf gehen, einiges von ihrer Dringlichkeit nimmt.« Sie erschauert: »In der Tat. Wobei wir niemals vergessen dürfen, daß unsere Gesellschaft gerade einen grundlegenden Bruch mit der Vergangenheit vollzieht.« »Die orientalische oder die okzidentale?« »Beide, natürlich. Ich habe ohnehin das Gefühl, mich nur noch in der Schattenwelt einer Virtual-Reality-Simulation zu bewegen.« »Nein, nein«, widerspricht er lebhaft, »wie wäre es damit: Nur das leichte Schlagen der Segel im Wind, das Knarren der hölzernen Deckplanken, ab und zu der Ruf eines Esels vom Ufer her, das Zwitschern und Flattern von Vögeln, das Platschen eines springenden Fisches durchdringen die wie in geschmolzenem, duftendem Golde wabernde Stille.« Sein poetisches Geflunker hat ihn zusätzlich erregt. Aber sie, obwohl das Flugzeug gerade in starke Turbulenzen gerät, bricht in gackerndes Gelächter aus:»Wenn Sie ägyptischen Boden betreten, werden Sie auf eine ganz andere Wirklichkeit treffen.« Ihr mächtiger Busen bebt und bebt:»Wenn es mit dem Tourismus noch zwanzig Jahre so weiter geht, wird mein Land in seinem eigenen Museum vertrocknet sein. Ich kann es kaum erwarten, mich hinter die Lehmwände meines Dorfes zurückzuziehen.« Jetzt möchte er seinen Kopf zwischen ihre nackten Brüste betten.»Worum geht es Ihnen bei Ihrer Ägyptenreise?«, fragt sie kühl. Er weiß darauf keine Antwort, hat nur noch das Bild ihrer aufgeknöpften Bluse vor Augen, behilft sich mit einem Scherz und sagt:»Ich will die Sphinx nach Deutschland entführen.«»Die beste Idee seit langem.« Erkennt er die Ironie in ihrer Stimme?»Bei uns ist Abu el-Hol männlichen Geschlechts«, belehrt sie ihn dann, »und unaufhaltsam zersetzen Wind, Smog und Feuchtigkeit das kolossale Gebilde.«»Mir ergeht es nicht anders.« »Kaum«, sagt sie nach einem Blick auf ihn und schweigt dann ganz vergnügt.»Die technischen Geräte«, fährt er nach einer Weile zögernd und unbeholfen fort,»sind keineswegs stumm, nur: der Mensch, der ihre Sprache spricht, läuft Gefahr zu verstummen.«»Er wird lernen müssen zu antworten.« »Nein, Paroli zu bieten.«»Dafür ist es fünfhundert Jahre zu spät. Nichtanpassungsfähige Typen werden übergangen und durch die soziale Auslese zum Aussterben gebracht.« »Das gilt jetzt schon für die Völker Schwarzafrikas.« Sie schüttelt den Kopf:»Was reden Sie da?« Er sagt»Nichts« und stellt sich vor, daß sie sich herunterbeugt und ihm einen bläst.

Stattdessen lehnt sie sich zurück, faßt sich an die Brust und gibt zu, der Verdacht, gefühlskalt und kulturlos zu sein, dem die Ingenieure schon immer ausgesetzt gewesen seien, habe sich im zwanzigsten Jahrhundert dramatisch bestätigt.»Max Eyth bekannte sich noch zu seiner Ehrfurcht vor Goethe«, bemerkt Leonhard mit Genuß.»Ja, wir Ingenieure bleiben im Dunstkreis der von uns geschaffenen Sphäre befangen und sind gar nicht mehr fähig, zur Welt Stellung zu beziehen.«»Umso misstönender klingt das Lied der Maschinen.«»Das sind die Triebwerke, die uns sicher nach Kairo tragen.«»Wie sieht es dann in Ihrem kalkofenheißen Oberägypten aus?«»Kein Haus ist ohne Fernseher, aber Esel und Kamele sind hier als Reit- und Lasttiere im Gebrauch wie vor viertausend Jahren. Und Ihr Freund in Kairo?«»Franz? Oh«, sagt er überrascht,»da muß ich überlegen.«»So?«»Sie brauchen nicht mißtrauisch zu sein, er handelt weder mit Waffen noch mit Mädchen, er ist Archäologe. Ich bewundere ihn als Humanisten, beneide ihn um sein Wissen und wünschte mir oft, selbst Franz zu sein. Er machte Karriere, ich war schon froh, wenn ich gelegentlich mit einer netten Kollegin in einem italienischen Restaurant sitzen durfte.«»Sind Sie verheiratet?«»Nein, als ich sechzehn war, hat Franz mir die Freundin ausgespannt. Seither konnte ich mich nicht mehr verlieben. Und Sie?«»Ich habe nur schäbige Kerle kennengelernt.« Leonhard spürt einen kleinen, heißen Stich in der Magengegend, gleichzeitig begannen in seinem Kopf unvernünftige Gedanken zu rotieren.»Man müßte«, meint er, gehörig aus der Fassung gebracht,»sich an einer authentischen Literatur vers –«

Er horcht auf. Die beiden großen Pyramiden, tönt ein Unsichtbarer in der Reihe vor ihnen, seien eindeutig, und zwar, man höre und staune, vor zwölftausend Jahren von ehemaligen, vor deren Untergang noch von der Insel geflohenen Atlantikern aufgetürmt worden.»Angesichts der Bauwerke kann man schon den Verstand verlieren«, flüstert Leonhard seiner Nachbarin zu.»Ja«, entgegnet sie wie von weit her,

»der Ingenieur ist ein trauriger Gesell, es lohnt nicht, sein Leben ganz einer einzigen Sache zu widmen.« Er stimmt ihr, von ihrer Abwesenheit irritiert, beflissen zu.»Und wenn mich auf dieser Welt nichts retten kann«, fährt sie versonnen fort, »muß dies ein höheres Wesen, am besten in Verbindung mit etwas Ausgefallenem, möglichst Fundamentalistischem und Autoritärem tun.«»Jeder Mensch hat ein Gehirn voll böser Triebwünsche. Genügte, ersatzweise, nicht auch eine absurde und verrückte Idee?«»Wie kann man«, fragt sie müde, »in diesen Zeiten und unter diesen Umständen als Ungläubiger bloß nach Ägypten reisen?«»Als Hilfesuchender«, verbessert er sie.»Aber Sie sitzen doch nur im Flugzeug herum, Sie reisen, ohne sich zu bewegen«, meint sie gähnend. Zunächst versteht er den Sinn ihrer Worte nicht.»Für Ihren Besuch in Kairo«, murmelt sie noch, »haben Sie einen sehr schlechten Zeitpunkt erwischt.« Dann ist sie wieder eingeschlafen. Vielleicht simuliert sie auch nur. Leonhard schließt enttäuscht die Augen –

Sie führt ihn hinter die Pyramiden. Da steht etwas in der Gegend, das er für eine Sinnestäuschung hält, eine Seifenblase mit den Ausmaßen eines kleinen Hauses. Keine Stahlkonstruktion trage sie, keine Verspannungen, erklärt sie, sicherten sie ab. Ein Verbund aus Kunststoff und Glas, sonst nichts. Ein Gebäude müsse ephemer sein und aus dieser Welt, ohne daß es Tausende von Tonnen Sondermüll hinterlasse, wieder verschwinden können. Sie arbeite am Stuttgarter Institut für Leichtbau, gar nicht weit von Sibyllenburg entfernt. Sie reicht ihm die Hand und sagt, ihm ein Auge zukneifend, so daß er ihr sogleich verfällt, sie heiße Minoche. Er ist unsterblich verliebt in sie, schlürft jedes ihrer Worte wie ein Aphrodisiakum in sich hinein. Er wundert sich nicht darüber, daß sie erst siebzehn ist, er hängt an ihren Lippen, als sie mit altkluger Gelassenheit und einer wunderbar zärtlichen Reibeisenstimme meint: Als Ingenieure suchen wir nach einer Architektur, welche den Menschen dieser Weltgemeinschaft ein optimal gebautes Umfeld gibt, eine Heimat, die etwas anders ist als eine Behausung im gewohnten Sinn; wir dürfen uns nicht mehr einbilden, daß die alten Tugenden uns noch weiter bringen; wir arbeiten an einer neuen Fusion aus Ökologie und Raumtheorie.

Sie betreten das durchsichtige Gebilde, stehen dennoch weiterhin, mitten in der Wüste, von ihr nur durch ein gläsernes High-Tech-Mäntelchen getrennt. Die Hitze hier drinnen ist enorm. Minoche fröstelt, zeigt zur Sonne hoch und verkündet stolz, die Stromversorgung erfolge über Photovoltaik, Heizung und Kühlung über Solarenergie. Hier, sagt sie, wird Ihre Sehnsucht nach Geborgenheit und Orientierung erfüllt. Leonhard hat sich die durchnäßten Kleider vom Leib gerissen, preßt sich mit erigiertem Glied gegen Minoche und versucht, sie zu küssen. Kokett weicht sie ihm aus: Wenn Sie wollen, werden wir Sie nach einem Test, den Sie natürlich mit Bravour bestehen müssen, in unser Team aufnehmen. Zwölf Araber stehen um sie herum und heben langsam ihre Galabiyen an. Minoche geht auf den Mann mit dem prächtigsten und schwärzesten Penis zu und sinkt betend vor ihm auf die Knie. Wie in Schweiß gebadet, wacht Leonhard auf. Die Maschine setzt rüttelnd zur Landung an. Was ist hier und jetzt? In welchen Schichten meines Bewußtseins bin ich wieder stecken geblieben?

Franz hatte die briefliche Verabredung, ihn vom Flughafen in Heliopolis abzuholen, nicht eingehalten. Zunächst wartete Leonhard geduldig, suchte, in der Ankunftshalle gemächlich auf und ab gehend, der flüchtigen Bekanntschaft im Flugzeug und den Gesprächen nachlauschend und, mit leichter Hand den Trolley hinter sich her ziehend, eher amüsiert nach den Gründen für das Ausbleiben des Freundes. Allmählich

120

jedoch erfassten ihn Müdigkeit und ärgerliche Unruhe. Das lebenslang gewachsene Mißtrauen gegen seine Mitmenschen und ihr großmäuliges Sein rumorte wieder in ihm, die allzu wehmütigen arabischen Melodien aus den Lautsprechern verstärkten solche Empfindungen, so daß ihn nach einer Stunde nutzlosen Wartens die blutrünstigsten Bilder verfolgten, und er Franz als gesinnungslosen Verräter, aber auch als Opfer eines Unfalls oder Verbrechens sah. In seinem Kopf wimmelte es von bösen Mutmaßungen. Schließlich, kurz vor einer Panik, verließ er das Flughafengebäude. Unter den sanften Umarmungen des warmen, von der Wüste heranwehenden Chamassinhauchs lösten sich Unmut und Befürchtungen im Handumdrehen auf. Seit der heimlichen Jugendlektüre von Schundheftchen wie »Billy Jenkins« oder »Jörn Farrow« und Karl-May-Büchern sehnte er sich nach wilden Abenteuern an exotischen Orten, spürte, daß sein Zuhause irgendwo anders lag als in der ihn umgebenden, allzu biederen schwäbischen Zivilisation. Vor dreiunddreißig Jahren, als Franz gerade seine Stellung am Deutschen Archäologischen Institut in Kairo angetreten hatte, war Leonhard, zitternd vor freudiger Aufregung, Ende September nach Ägypten geflogen und hatte acht begeisternde Tage mit Franz zusammen in dessen weiträumigem Penthouse in Maadis 16. Straße und auf Ausflügen nach Gizeh, Memphis, Sakkara, Daschur, zur Oase Faijum und ins Wadi Natrun verbracht. Dann war das Gerücht zu ihnen durchgedrungen, daß ein Krieg mit Israel bevorstehe. Hals über Kopf, Franz gewissermaßen im Stich lassend, hatte er seinen Koffer gepackt, war mit dem Taxi nach Heliopolis gesaust und hatte am selben Tag tatsächlich noch einen Flug nach München erwischt. Achtundvierzig Stunden später hatten am Suezkanal die mörderischen Kampfhandlungen begonnen. Seither hatten Franz und Leonhard sich nicht mehr gesehen, kein Gruß hatte das Mittelmeer überquert. Nach

jahrzehntelanger, oft schmerzender Stille dann wie ein um-
werfendes Naturereignis Franz' Brief –

Leonhard bestaunte die ihm längst wieder fremd gewor-
dene Umgebung mit ihrem sandfarben verschleierten Himmel, fühlte sich von ihr willkommen geheißen und tauchte
selig in sie ein. Schon am Taxistand ging es so hemmungslos
anarchisch wie auf einem Kamelmarkt zu. Erregt genoß er,
wie lautstark um ihn als Fahrgast gekämpft, wie untertänig
er umworben wurde. Und dennoch erschien ihm alles charmant, mit sanftester Leichtigkeit, abzulaufen, wenn auch um
das Vielfache verzögert. Endlich, mit fünfundsechzig Jahren,
wähnte er sich in der Welt angekommen. Überwältigt beschloß er, Franz' Adresse in Maadi zu ignorieren, sich ganz
dem Zauber hinzugeben und zunächst das *Cosmopolitan* anzu-
steuern, wie von dem Fahrer empfohlen, einem abgerissenen
Alten, den er unter dem Hohngelächter seiner Konkurrenten
ausgewählt hatte, weil er von seinem Anblick am meisten berührt war. Auf dem Weg zum nicht weit vom Ägyptischen
Museum liegenden Hotel in der Innenstadt – in dann doch
krampfhaft erschöpftem Zustand am späten Nachmittag auf
durchgesessenen Polstern und erschlaffter Federung viele
zähe Kilometer, immer wieder im heißen Luftstrom an der
geöffneten Scheibe fast panisch nach Sauerstoff schnappend,
über staubige, lärmverstopfte Alleen mit aufgeplatzten Be-
lägen oder in Schrittgeschwindigkeit über die martialischen
Stahlbrücken hochgelegter Fahrbahnen hinweg, an graffitti-
besudelten Zementklötzen, kasernenähnlichen Billigbauten
mit abblätternden Fassaden, verrußten, zernarbten Wohnblocks und ruinenhaften Villen und ärmlichen, sich zenti-
meterweise voran schiebenden Fußgängerschlangen entlang
– formte sich in ihm der Entschluß, sich von allem, das ihn
bedrückte, zu trennen: Von der Erinnerung an die unzähligen Demütigungen durch Eltern, Beruf und Heimat, von der

Atmosphäre mißgünstiger Kleinkariertheit, in der er fast das eigene Leben vergessen hatte, der unwürdigen und lächerlichen Verformung seiner selbst. Wäre er um ein Haar nicht in eine neue Falle getappt, hätte er sich nicht, wäre Franz erschienen, von neuem abhängig gemacht?

Nach den törichten Einsichten, irren Erkenntnissen und kriminellen Grotesken, die er – *beginnend mit der unbegreiflichen These vom Urknall und der Vorstellung, daß im Billionstel einer Sekunde aus dreitausend Grad heißem und undurchsichtigem Plasma das All geboren worden sei, seine Existenz in diesem unvorstellbar winzigen Zeitraum um das Zehnhochsechzigfache ausgedehnt habe und der vom Nasa-Satelliten erst kürzlich gesendeten Bestätigung, daß unser Kosmos zu zweiundzwanzig Prozent aus Dunkler Materie und zu vierundsiebzig Prozent aus Dunkler Energie bestehe, der Stoff, aus dem Sterne, Planeten und wir Menschen gebildet seien, also nur einen unwesentlichen Anteil des Universums ausmache, Vorstellungen, die Leonhard um den tiefen Krater des Wahnsinns jagen konnten, und den täglich über ihn her fallenden, zusätzlich krank machenden Nachrichten, handelte es sich nun um massive und ansteigende Gewaltprobleme an deutschen Schulen oder um andere Matschpfützen des Seins wie die Berliner Biennale mit ihren kraftlosen, jedoch überaus kitschig präsentierten Saugnäpfen Unbehagen, Leiden, Geworfenheit, Leere, Exil, Unterdrückung, Nacktheit, Ödnis, Grauen, Gefahr, Selbstmord, Apokalypse und Sarg, bis hin zur fatalen Einschätzung des Harvard-Rechtsprofessors Laurence H. Tribe, daß wir auch 2006 im Oval Office in Washington, der Machtzentrale dieses schlingernden Erdballs, ein Musterbeispiel groben Mißbrauchs öffentlicher Gewalt, eine Kombination von Inkompetenz und Gesetzlosigkeit erlebten* – endlich vergessen möchte, ohne die er sich allerdings, wie er lächelnd zugeben mußte, ärmer und unreifer fühlen würde. Wohlan! Was weiß er von dieser Stadt? Nichts. Doch die brüllende Vorhölle hier erschien ihm äußerst verlockend, wie geschaffen für den Abschied vom Bio-, Nano-, Infozeitalter und den zwischenmenschlichen Desastern des Westens. Alles, geradezu ein beglückender Gedanke, drängte ihn nach dem überstandenen Flug zum zweiten Schritt in die ersehnte Verwandlung. Und so erkundete er, nachdem er sein Zimmer im *Cosmopolitan* bezogen, kurz und ungeduldig geduscht hatte und gleich wieder auf die Straße geeilt war, die Wunder einer unbekannten nächtlichen Welt. Viele der Passanten waren in bizarre, bodenlange Gewänder und – teils das Gesicht verhüllende – Tücher gehüllt, dazu die unverständlichen arabischen Sprachlaute und nicht entzifferbare Neonschriften: Kairo erschien ihm wie ein verstaubtes Paradies, in dem es von Mythen und versteckten Verführungen nur so wimmelte. Und Leonhard wandelte durch die tropischen Gärten seiner Phantasie, kämpfte sich durch die schweren und süßen Düfte, durch grollende Raubtierlaute und spitzes Gelächter, stolperte über heimtückische Hindernisse und Fallen, verhedderte sich in Lianen und Luftwurzeln, befreite sich lachend und um Entschuldigung bittend aus deren tollpatschigen Umarmungen, wich dann schon routinierter dem Ansturm der ihm entgegen strömenden Fabelwesen aus, die sich als Bettler und islamische Gelehrte kostümiert hatten und über ihn, den weichgesichtigen *hawaga*, gleichermaßen hochmütig hinwegsahen, oder pflügte schließlich selbstbewußt mit Händen und Füßen durch sie hindurch. Was ihm, dem alten Feigling, in Deutschland noch Spießrutenläufe waren, bereitete ihm hier immenses Vergnügen. Eine Weile schwelgte er im Glück. Dann bemerkte er bei einem prüfenden Griff an die Gesäßtasche, daß ihm das Portemonnaie abhanden gekommen war.

3

Im Geiste vermag ich die Zelle auf das Leichteste zu sprengen. Hö-
ren Sie das Getöse nicht, sehen Sie nicht, wie die Mauern bersten
und das Fenstergitter mitsamt der Pritsche und der Kloschüssel
davonsegelt? Ich aber, nur noch Idee, muß darauf bedacht sein, vom
Wind nicht in die falsche Richtung geblasen zu werden. Noch et-
was anderes hält mich auf: Sie liegen auf den Knien und blicken
murmelnd, mit halb geschlossenen Augen, in die Unendlichkeit
Ihres Gebetsteppichs hinein. Bereits zum zweiten Mal an diesem
noch relativ jungen Tag. Bei Ihrem Sport möchte ich Sie nicht stö-
ren. Aber, mit Verlaub und ohne Häme: Welch ein Trost, daß es
noch Gläubige Ihrer Art gibt. Ihr Moslems scheint ohnehin eine ge-
sündere und freundlichere Auffassung vom Leben zu haben als wir
essigsauer unseren gekreuzigten Herrgott wie ein lästiges Brett vor
dem Kopf vor uns her tragenden Christen. Mit vier Frauen gleich-
zeitig darf bei euch ein Mann verheiratet sein. Wenn das nichts ist.
Verraten Sie mir bei Gelegenheit gewisse Details? Sie erheben sich
voller Würde, strecken gestärkt das Kreuz, recken den Hals und be-
trachten mich von oben herab wie einen bedauernswerten Krüppel.
Denken Sie an mein weiteres Schicksal, und entdecke ich so etwas
wie Mitleid in Ihren Augen?

Mitten in der Himmelfahrt hatte es ihm den Atem verschlagen. Er schwankte, lehnte sich irgendwo an, mußte sich Luft
sichern, die nächsten Sekunden bestehen, kam sich in seinem
Vakuum in die Enge getrieben vor, dachte: Die menschliche
Gattung hat mich ausgesetzt. Beckett, dachte er: Beckett, in
der sandfarbenen Stadt zerfalle ich jetzt zu bleichem Staub,
ein Leben, das ein Sterben auf einer Komödiantenbühne war.
Doch schau die plappernden, fröhlich über die ganze Breite des Bürgersteigs daherkommenden, zur Kette verhakten,

ihn keck musternden jugendlichen Nofreteten in ärmellosen, nabelfreien Hemdchen und engen, unter dem Stoff die schmachtenden Vaginakerben andeutenden Jeans! Wie wiederbelebt stieß er sich von der Schaufensterscheibe ab und – nein, er war kein Sisyphus-Hanswurst, kein Hiob-Clown mehr! – folgte einige brisante Minuten lang dem aufreizenden Muskel-Ballett der herzförmigen, Berührung und Enthüllung fordernden und doch wegen des absoluten, totalen und unversöhnlichen Charakters der beiden Weltreligionen so unendlich weit von ihm entfernten Hinterbacken. Dann bog er zwischen hohen Häuserblöcken in die Fußgängerzone zum *Cosmopolitan* ab. Papiere, Kreditkarten und der größte Teil der am Automaten des Flughafens abgehobenen Banknoten lagerten im Safe des Hotels. An der Rezeption überreichte ihm der Portier mit der herzlichen Verachtung, die er dem Vertreter der europäischen Kultur gegenüber offenbar schuldete, das vermißte Portemonnaie. Leonhard hatte es bei der Anmeldung versehentlich dort liegen gelassen. Aber das vibrierende Gefühl, im Augenblick zu leben, war vorbei.

Er begab sich auf sein Zimmer, fischte müde den Brief aus dem Koffer. »Zwei Bilder«, hatte Franz mit Bleistift noch hinzugefügt, »werde ich Dir auf die Weg geben. Im Flugzeug, über den Wolken, welche Dir aus himmlischen Gründen hoffentlich die Sicht auf die Erde und ihre Sensationen ersparen, wirst Du sie mit Leichtigkeit verstehen. Erstens: Der Herrscher wird zu Staub, der Wurm ist sein unvermeidlicher Thronfolger. Zweitens: Laokoon, die Schlangen nährend, die ihn würgen. Banal, nicht wahr? Besseres weiß ich nicht. Bekkett, las ich, gebe uns die Falle, das Verlies, die Einzelhaft. Auch unser Ideal wird bald das nahezu leer radierte Blatt sein. Dagegen – erinnerst Du Dich? – unser Schiller, für dessen Figuren es keinen Zufall, keine sinnlose Tat gibt. Langsam, mein Freund, reisen wir abwärts.«

Während des Fluges waren ihm Franz' Worte nicht in den Sinn gekommen. Seine Vergeßlichkeit begrüßend und auch wieder beklagend, hockte Leonhard in verschwitzter Unterwäsche auf der Kante des Bettes, gegenüber einem eingerahmten, ins Rötliche abrutschenden fotografischen Abbild der Stufenpyramide von Sakkara, wartete, sich mühsam bis an den Anfang der Geschichte wühlend, auf einen Wink Gottes, eine Bewegung der aufgeschichteten Steine und fragte sich zum hundertsten Mal: Wie kann ich der erdrückenden Gewißheit entrinnen, daß viereinhalbtausend Jahre Geschichte verspielt sind; was ist es, das nicht mehr existiert und doch existieren müßte? Er legte sich ins Kissen zurück, streckte die Glieder auf dem muffig nach billigsten Waschmitteln riechenden Laken aus und schlief fast sofort ein.

Die Polarnacht ist über Kairo hereingebrochen, oder hat der Mythos es nach Spitzbergen versetzt, weit nördlich von allen sibirischen Landstrichen, weil seine Einwohner emigrieren wollten und das Traumziel *Almanya* hieß? Die beiden Freunde sitzen seit Tagen im Dampfbad fest, von draußen belagern Eisbären die Tür. Es ist laut wie im Dschungel. Die Begierde der Schlittenhunde, ihre frenetische Lust loszulaufen, ist unüberhörbar. Es schneit in der Zelle, und doch hat sich Leonhard des Antilopenfells, das er um die Hüften gewickelt trug, entledigt und Franz übergestreift. Er preßt seinen Körper gegen den anderen, der ihn raunend fragt, warum er bloß nach Kairo gekommen sei, statt *Welcome* heiße es ab jetzt nämlich *Fuck you*. Leonhard ist geschmeichelt und flüstert mit rauher Stimme, das sei der Anfang des Märchens, das er von Kindheit an geträumt habe. Die Pointe, warnt Franz, sei fürchterlich. Deshalb, erwidert Leonhard erfreut, sei es eine gute Geschichte. Franz stimmt ihm begeistert zu und greift mit klitschigen Händen nach ihm. In diesem Moment braust der Gesang des Muezzin durchs offene Fenster herein und löscht die Bilder der versöhnlichen und hoffnungsfrohen Umarmung.

Nach dem Frühstück, zu dem er trotzig einen Teller schokoladenbrauner, mit Kreuzkümmel gewürzter Fulbohnen bestellte, setzte er sich, das ungute Gefühl quellenden Mißtrauens im Magen, ins Taxi, um nach Maadi zu gelangen und Franz aufzusuchen. In dessen Brief, der sich in Leonhards Hemdtasche immer mehr zu einem knisternden Rätsel entfaltete, fanden sich neben persönlichen Anspielungen, klar und anschaulich geschilderten, Leonhards Erinnerungen auffrischenden archäologischen Erkenntnissen über Amarna und Echnatons Kulturrevolution und genialisch gemeinten, jedoch ein wenig lächerlich klingenden Formulierungen wie *Dem Sand ist alles recht* und *Der Wind ist der Vater der Geschichte* auch erstaunliche, penibel erzählte alt- und neuägyptische sexuelle Perversitäten und metaphysische Verirrungen sowie Franz' wenig überzeugende Beschreibung seiner selbst als einen angesehenen und glücklich mit der schönsten Frau der Welt verheirateten, ohne Heimweh nach Deutschland lebenden *Masri*. Nein, dachte Leonhard, das glaube ich ihm nicht, dennoch werde ich versuchen, mich an seinem Spiel zu beteiligen.

Vielleicht erscheint Ihnen meine Mitteilsamkeit – oh, mir werden sicherlich noch größere Irrtümer unterlaufen, und ich werde Ihnen Lügen auftischen und mich in die gemeinsten Widersprüche verstricken, so wie es halt des Menschen Art ist – allzu aufdringlich, aber denken Sie bitte daran, daß die Selbstherabsetzung des Melancholikers auch als Anklagen zu verstehen sind. Nein, die offenen und versteckten Vorwürfe richten sich nicht gegen Sie persönlich, und auch nur wenig gegen mich selbst. Ich habe mich nun einmal aus guten Gründen mit Ihrer und Ihrer Behörde Hilfe für

Thoreaus Hütte in dieser Einsamkeit und gegen die digitale Zukunft entschieden, habe mir damit wenigstens einen Hauch Handlungsfreiheit – beispielsweise kann ich hier noch unbehelligt sagen und denken, was ich will – bewahrt, bin kein vorherbestimmter Roboter, programmiert nach den niederen, leider auch von Ihrer Regierung favorisierten Werten des stumpfsinnigen, Disneyland auf die höchste Kulturstufe hievenden American way of life, *der sich schon heute als tödlich für das meteorologische wie das geistige und psychologische Klima erweist. Sie blinzeln? Ich würde mich nicht wundern, wenn Sie bereits im Auftrag Washingtons handelten und jedes meiner Worte verstünden. Aber Ihr Blick verrät nur, daß Sie mich mit einem spielenden Kind vergleichen und diesem den höheren Rang einräumen. Lassen Sie sich durch meine enigmatischen Formulierungen nicht verwirren. Ich selbst blicke da gelegentlich auch nicht mehr durch. Oder trübt mir der mörderische Hunger, ein gefräßiger Krebs, dessen Scheren mir die Magenwände zerreißen, bereits die Sinne, treibt mich die Qual zu Halluzinationen, macht mich zum Seher, enthüllt mir meine existentielle Verzweiflung, das Warten auf den Tod, die einzige menschliche Wahrheit? Wollen Sie nicht wissen, was Ihre nächtlichen Filme bedeuten, der Verlegenheitstraum der Nacktheit in Gegenwart Fremder, der Prüfungstraum, die Träume vom Tod teurer Personen, Erlebnisse, die vermutlich bei allen Menschen rund um den Globus aus den gleichen Quellen stammen? Dennoch: Träume sind so verräterisch absurd wie kubistische oder gar gegenstandslose Kunst. Eine Schrift aus Bildzeichen. Um sie zu begreifen, hat man allerdings eine besondere Leistung des Tätigseins zu vollbringen, in eigener Arbeit, wie Freud sagt, zu synthetisieren. Seien Sie ein bißchen stolz: Die Aktualität der Hieroglyphen ist ungebrochen –*

Etwas verlegen spielen Sie seit einiger Zeit mit Ihrem Laptop herum: Tut der Computer wirklich, was seine Programmierer behaupten und Sie von ihm erwarten? Wissen Sie, daß es unentscheidbare Sätze gibt, die weder zu beweisen noch zu widerlegen

*sind? Und wissen Sie, daß der, der diesen Nachweis erbracht hat, in
geistiger Umnachtung gestorben ist? Ja, es gibt Probleme auf dieser
Welt, die für unsere Säugetierhirne einfach zu hoch sind. Ich könnte Ihnen Dutzende, Hunderte von Projekten allein aus dem Bereich
des Ingenieurwesens wie Wolkenkratzer, Flughäfen, Atomreaktoren
nennen, die zu komplex sind, als daß ein einziger Mensch sie noch
wirklich umfassend verstehen könnte. Hochtechnologie, Massenmedien und Wissenschaft haben sich – und da wiederhole ich mich
gerne – zu einer undurchdringlichen Struktur verdichtet. Ein einziger Mensch hat sich dagegen aufgelehnt, sich von den Maschinen
seine Autonomie rauben zu lassen, und eine verheißungsvolle aka-
demische Karriere abgebrochen. Nein, warten Sie, ich spiele damit
nicht auf mich selbst an, obwohl: Sie verstehen. Ich meine jenen
ehemaligen Mathematikprofessor, der, unter dem Decknamen »Jo-
seph Conrad« operierend, als »Unabomber« auch Ihnen zum Begriff
geworden sein dürfte. Übrigens sitzt er in Haft, verbüßt in seiner
Zelle eine lebenslängliche Strafe. Sechzehn Briefbombenanschläge
mit drei Toten und dreiundzwanzig Verwundeten gehen auf sein
Konto. Aber ist er nicht hundertmal humanistischer gesinnt als all
die Profiteure des technisch-industriellen Systems, Politiker, Ban-
kiers, Konzernbosse, deren sattes und selbstgerechtes, von Korruption und Betrug gezeichnetes Konterfei uns Normalbürger täglich
aus den Medien heraus demütigt und verhöhnt? Verglichen mit
ihm, der es verdiente, einmal als Heiliger verehrt zu werden, sind
sie alle zweifelsfrei als krankhafte Egomanen, subtile Massenmörder und brutale Weltvernichter zu bezeichnen: Deren Schuld, weiß
Gott nicht seine, ist es, daß Kriege geführt werden und allein in
Afrika, diesem wunderbaren, rohstoffreichen, aber bis aufs Blut
ausgebeuteten Kontinent, täglich Tausende von Kindern verhungern. Sentimentales Geschwätz, sicher, aber verfolgen jene Ihrer
Landsleute, die sich zu Selbstmordattentätern aufschwingen, nicht
ebenfalls eine über die Taten hinausweisende politische Utopie –?
Sie können diese Litaneien nicht mehr hören? Gut, ich weiß*

nicht, was draußen vor den Gefängnismauern geschieht. Gepriesen sei die Reinheit der Wüste, es sind ja nur ein paar Kilometer bis dahin. Tag und Nacht sauge ich ihren Champagnergeruch in mich hinein. Wenn ich dabei manchmal auch husten muß: Bringen Sie mir bitte etwas zu essen. Zuerst nur eine dünne Suppe. Später dann mehr, zwei Kartoffeln vielleicht und einen Löffel Gemüse. Ich möchte mich stärken, den Trieb, der selbst einen Goethe sich verzückt im Animalischen suhlen ließ, wieder wecken. Was uns beide betrifft: Ich wäre nicht abgeneigt, Ihnen, wenn das Gefängnis in Schlaf gefallen sein wird, gefällig zu sein.

Auffallend war, wie viele Tschador-Trägerinnen, bei seinem ersten Besuch aus dem Straßenbild fast verschwunden, unterwegs waren. Die Idee von Kairo hatte sich ja vor allem aus dem zusammengesetzt, was Historikern, Archäologen und anderen Abstrahierern wichtig war und von ihnen, ohne auf die Kommune, die Bewohner, die jeweilige Gegenwart einzugehen, in Büchern formuliert worden ist.»Damals kamen mir hier nur wenige Autos entgegen, und dies alles war Akkerland«, sagte er auf Englisch, erstaunt wie ein Kind, zum Fahrer und deutete auf die zwanzigstöckigen Wohnblocks hinaus, als sie in dichtem Verkehr auf der Corniche Maadi entgegen rollten. Von der erinnerten und eingebildeten Schönheit des Landes war hier nichts mehr zu sehen. Ernüchtert sank er immer tiefer auf seinem Rücksitz in sich zusammen. Bis ihm schließlich wieder Freud einfiel, der sich selbst mit den Worten aufzumuntern pflegte, daß im Bewußtsein nichts, was einmal gebildet worden sei, untergehen könne, und alles, auch die kühnsten Gedanken, etwa die Vision einer neuen Weltordnung, der Traum von der Großen Humanistischen Revolution, irgendwie erhalten bleibe. Mit einem Ruck saß Leonhard aufrecht, als sei ihm gerade der Glaube an die Unsterblichkeit der Seele begegnet.

Nun konnte ihn auch nicht mehr erschüttern, wie ungepflegt und verschandelt Maadi war. Franz hatte es kurz erwähnt. Eine stählerne Hochstraße führte jetzt in die einstige Gartenstadt hinein: Ausdruck finanzieller, ästhetischer und planerischer Hilflosigkeit. Als eben deren Verkörperung war er von Fachkollegen belächelt worden. Auch er selbst sah auf sein Arbeitsleben wie auf ein Scherbengericht zurück. Er merkte, wie ihn die innere und äußere Hitze windelweich gekocht hatte. Aber nach dreiunddreißig Jahren stand ihm endlich ein Wiedersehen mit Franz bevor! Sein Herz pochte ärgerlich wild und nervös, als der Wagen vor dem vierstöckigen Appartement-Haus, das er gleich wiedererkannte, anhielt –

Was war aus Franz, diesem hochbegabten und etwas geheimnisvollen gleichaltrigen Jungen, mit dem er sich als Neunjähriger in einem einsamen Heuschober zum Doktorspiel getroffen und später, am Weißdorn die Kuppe des Mittelfingers anstechend und die Blutstropfen des anderen ableckend, Blutsbrüderschaft geschlossen hatte, geworden? Wie oft sie sich auch geprügelt, wie viele Jahrzehnte sie sich nicht gesehen und gesprochen hatten: Immer, vor allem in Konfliktsituationen – von den täglichen Problemen auf den Baustellen über die Orientierungsmängel auf fremden Straßen und seiner Unbeholfenheit in Restaurants und Bordellen bis hin zu den Streitereien mit der Mutter und den nachfolgenden Gewissensbissen – fühlte sich Leonhard auf bedrückende Weise von Franz' Schatten begleitet und spöttisch beobachtet. Ängstlich, als fürchte er, daß ihm dieser von oben etwa den Nachttopf über den Kopf schütte, blickte er an der Fassade empor.

Danke für das Essen. Auch wenn sich mir der Magen umdrehte und ich alles wieder ausgekotzt habe, fühle ich mich jetzt besser. Sie haben das alles ohne Regung beobachtet. War meine Vorstellung nicht rührend? Was immer Sie Ihren Vorgesetzten berichten: Wie steht es mit Rhythmus und Melos, mit Tempo und Langsamkeit, gibt es einen Atem, eine Schwingung, werden Sie ihm sogar Geräusche, Farben, Gerüche vermitteln? Denken Sie daran, die Einsamkeit zählt nicht zu den Leiden eines Gefangenen, sondern zu seinem Kapital. Das Ergebnis tagelangen Nachdenkens: Ich kann Ihnen gern, darum bin ich wohl hier, meine Geschichte erzählen. Aber wo anfangen? Und darf ich, meiner unruhigen Beine wegen, mich bewegen, auf und ab gehen? Geben Sie mir einen Tip, was Ihnen besonders wichtig erscheint, relevant in Bezug auf die Untat, einem ägyptischen Teenager auf offener Straße eine Zärtlichkeit abgerungen zu haben. Hilft es Ihnen zu wissen, daß ich der uneheliche Sohn einer 1909 geborenen ehemaligen Stuttgarter Hofschauspielerin bin, die sich 1934 mit einem jungen Bauingenieur verehelichte, der 1940 zur Wehrmacht eingezogen wurde, auf Korfu an den Massakern beteiligt war, nach dem Krieg Griechenland wie der Teufel, der er zeitweilig gewesen war, mied, ein Bauunternehmen gründete, mich zum schamlosen Opportunisten erzog, nach links und rechts denunzierte, immer gerade die verriet, die ihm auf die nächste Stufe seiner Karriere verholfen hatten? Sie gähnen, als wüßten Sie selbst, was für ein Gestank entsteht, welche Schmutzarbeiten nötig sind, um die Zivilisation in Gang zu halten. War es für mich von Nachteil, daß dieser Vater schon 1981 an Herzversagen starb, sich zwischen mir und meiner Mutter das Verhältnis von selten erlebter Aggression intensivierte und ich nicht fähig war, diese Frau zu verlassen? Fotografien zeigen uns nebeneinander sitzend in einem gemieteten Mercedes-Cabriolet am Vierwaldstädter See oder in Wanderkluft vor der Zugspitzenkulisse. Sie haben genug von dieser germanischen Spießer-Posse, ich sehe es Ihnen an. Was kann Sie aus der Reserve locken? Muß ich noch betonen, daß die Irak-Kriege der unsäglichen Bushs die Idee vom Heroismus des Selbstmordattentäters erst geweckt haben? Erst dadurch begriffen die islamischen Gemeinden, daß sie erniedrigt, ausgebeutet, betrogen und gegeneinander aufgehetzt worden waren. Andererseits glaube ich, daß es in der Welt viele Muslime gibt, die liebend gern im Westen leben würden. Wenn man zehntausend Demonstranten, die irgendwo gegen die USA polemisieren, amerikanische Einwanderungsvisa anbieten würde, dann würden die meisten von ihnen jubeln und zugreifen. Sie schweigen, ja, irgendwann bricht das Leben ab, und nichts ist beantwortet.

»Philosophie: Was ist das? Kaum einer der hölzernen Texte, auch der modernen, läßt erkennen, daß ihr Verfasser oder ihre Verfasserin mit der Psychoanalyse vertraut war. Und welcher realitätsnärrische Künstler, der uns von Onanie, Urintrinken, Transvetitismus, Kotlecken, Massenorgien und Verkehr mit Leichen erzählt und den Menschen als *Schwein* der Schöpfung schildert, hätte schon begriffen, daß das Unbewußte kein statisches Gebilde, keine Müllhalde schlimmer Erinnerungen, sondern ein lebendiges, andauernd mit dem Bewußtsein korrespondierendes System ist? Nacht für Nacht irrt jedes der sechs Milliarden Einzelwesen in absoluter Isolation durch die verstörende Welt seiner hermetischen Innenlandschaften, in die nie ein anderer eindringen wird. Wie soll aus diesem Seelenchaos jemals eine homogene Menschheit aufblühen?«

Warum hatte Franz das geschrieben? Leonhard erinnerte sich an die bösen Ahnungen, die ihn auf dem Flughafen erfaßt hatten. Zum wiederholten Male drückte er auf den Klingelknopf neben Morbachs Namensschildchen, trat einige Schritte aus dem Hausschatten zurück in den Flammenwurf des Lichts, setzte die Sonnenbrille auf, legte den Kopf in den Nacken und hoffte inständig, daß ganz oben über der Brüstung des Dachgartens Franz' wie auch immer gealtertes oder zernarbtes Gesicht erscheinen möge. Auf keiner der Etagen regte sich etwas, auch von einem *Boab* war nichts zu sehen oder zu hören. Hatte Franz diese ungewöhnliche Stimmung und die von ihr ausgehenden Drohungen beabsichtigt? Der Schweiß rann Leonhard in die Augen, und sie begannen wieder zu tränen. Die beißenden Tropfen auf seiner Hornhaut verzerrten die Umgebung zu einem konvexen und konkaven Kosmos aus gläsernen Gebilden, entsprachen so recht seinem seit früher Jugend nie mehr erloschenen Gefühl für die Absurditäten der Welt. Jetzt stand er in einem brütend bizarren Land als Fremder vor verschlossenen Türen und mußte bekennen: Jahrzehntelang war das Gegenwärtige von ihm verfälscht und das Vergangene verdrängt worden. Selbst seine Träume hatten sich im Laufe der Jahre seltsam verbogen, die undurchsichtigen Rollen immer wieder verändert, bis Franz' Großvater bequemerweise zur Bestie und die eigenen Familienmitglieder zu himmelschreienden Opfern mutiert waren. Die Toten liegen vor mir, dachte er, und ich weiß gar nichts mehr über sie und mich, nein, das Licht bringt es an den Tag, ich bin unsympathisch und widerwärtig, von jeher zu niedersten Empfindungen bestimmt, es bleibt mir nur, halb blind der Sonne entgegen in die Wüste hineinzulaufen und hinter dem Horizont zu verschwinden –

Er zuckt zusammen, weil ihn ein saugender Luftzug erfaßt. Fast wäre er über die hohe Bordsteinkante auf die Straße gestrauchelt. In seiner Benommenheit war ihm der mächtige Schatten entgangen, der sich von hinten an ihn herangeschlichen und nur Zentimeter von ihm entfernt gehalten hat. Leonhard zittert vor Schreck. Neben ihm zischt die Tür des Busses auf, und übermütige Schülerinnen in meerblauen Uniformen stürzen heraus. Die flatternden Plisseeröckchen entblößen für allzu flüchtige Momente freche Kniescheiben und nackte, den lüsternen Blick verderblich auf sich ziehende Schenkel. Eines der Mädchen – dreizehn vielleicht, schießt ihm durch den Kopf – stolpert ihm direkt in die Arme. Unwillkürlich hält er sie fest. Schillerndes Gelächter der anderen. Leichter Milchschweiß um ihn, von Parfum angehaucht. Er schmilzt vor Entzücken. In seiner Hand liegt die kleine Brust wie ein Küken. Schwarze Augen glühen vor ihm auf, aus unschuldigster Tiefe starren ihn Lust, Verblüffung und Unglauben an, artikulieren sich lautlos im feuchten, erschrocken geöffneten Mund. Dann blitzen Wut und Scham in dem bronzefarbenen Gesicht auf. Doch die Sonne hat Leonhard längst mit brennenden Krallen gepackt.

Als ob sein Verstand in lodernden Flammen stünde, reißt er den Kopf des Mädchens zu sich heran und wühlt dem Kind mit der Zunge die jungfräulichen Lippen auf. Die entsetzten Schreie der Freundinnen, deren trommelnde Fäuste nimmt er nicht wahr. Schließlich wird ihm von zwei Männern, die offenbar den Bus begleitet haben, sein ohnmächtiges Opfer entwunden. Leonhard registriert glasigen Blicks, daß einer nun seine Pistole auf ihn gerichtet hält. Der andere scheucht die Mädchen weg. Jetzt dringen die beiden Polizisten auf ihn ein, zerren ihm in höchster Erregung die Hosen herunter, entblößen unter triumphierendem Geschrei sein immer noch prall erigiertes Glied, stoßen ihn zu Boden, treten fluchend mit aller Gewalt auf ihn ein, bis er, Stein geworden vor Schmerz, sich nicht mehr rührt, und legen ihm Handschellen an.

Nahm da nicht ein höheres, über meine Person hinausreichendes Prinzip Gestalt an? Man muß sein Unglück preisen wie Hiob, hat meine Mutter mit einem Seitenblick auf mich immer geseufzt. Ich durchlebte die grauenhafte Tiefe der Demütigung als befreiende und stärkende Wohltat und fühlte mich, gerade weil mir die Augen verbunden wurden, als sie mich hierher brachten, vorübergehend in ein alttestamentarisches Martyrium hineinversetzt. Ja, wann ist mir eigentlich aufgegangen, daß sich in meinen Träumen ein Ichbe-

wußtsein von verblüffender Kreativität entfaltete? Bin ich vielleicht doch mehr als ein unselbständiger Kleingeist? Aber als ich in die Zelle geworfen wurde, war es erst einmal aus mit Erkenntnis, Religion und Romantik. Wir alle tragen das Erbe der Krokodile. Anlässe für Beißen, Schnauben und Toben gab es mehr als genug. Bereits nach einem sich immer weiter ausdehnenden Zeitraum – wahrscheinlich weniger als zwei Stunden – fürchtete ich, das bißchen Verstand, das mir zu eigen ist, zu verlieren. Zum Glück tauchten Sie in Ihrer imposanten Admiralstracht auf. Was erinnerte mich sofort an Schiller, seinen Grundsatz absoluter Aufrichtigkeit und daran, daß ich als Kind nicht nur hübsch und reizend gekleidet, sondern auch klug und begabt gewesen sein soll? Erraten Sie es? Nein? Was ich Ihnen erzähle, sei nicht ganz schlüssig und verlange eine genauere Erklärung? Heiliger Strohsack, Sie faseln ja wie ein Philologe daher! Seit wann ist das Leben denn erklärbar? Ich rede mir den Mund fusselig, und Ihnen ist immer noch nicht klar, daß Sie und jeder andere, der wie ein dekorierter Papagei herumstolziert, nicht nur für die Witzseiten der Kreuzworträtselheftchen, sondern auch für die Psychoanalyse verloren ist. Haben Sie nie davon gehört, daß Abu el-Hol ursprünglich in bunten, kindlichen Comicfarben bemalt war? Und was schließen Sie daraus? Haben Sie als Vierjähriger nie hinter Ihrer Mama gestanden, sie um die Taille gefaßt und überlegt, wie es wäre, wenn Sie Ihr Pimmelchen in sie hineinstecken dürften? Die heimliche Welt der subjektiven Erfahrung sei, heißt es, so real wie Äpfel und Birnen, meinetwegen auch wie Datteln und Feigen. Glaube ich, und glaube es wiederum nicht. Weshalb war meine Mutter, die alle Museen, Theateraufführungen und Konzerte besuchte, derer sie habhaft werden konnte, in jeder Hinsicht gefühlskälter und engstirniger als unsere Putzfrau und bis zu ihrem Tod eine stramme deutsche Rassistin? Weil schlechter Geschmack gänzlich der Gesetzgeber ihrer selbst war? Lassen wir es beim Widerspruch zwischen unbestimmbarer Unendlichkeit und konkreter Individualität. Oder scheißen wir drauf. Was ich Ihnen

seit Tagen in Bruchstücken anzuvertrauen suche, ist die Beichte
eines braven und unschuldigen Mannes, die jeden ehrlichen Men-
schen auf der Welt interessieren dürfte, der Sie aber nicht unbe-
dingt zuhören müssen.

4

Vielleicht sollte er noch einmal von vorn beginnen. Nicht des
Wärters wegen, der ihn offenbar wirklich nicht verstand, dafür von morgens bis abends bei geöffneter Zellentür draußen
auf der Klaviatur seines Laptops tickerte. Nein, während des
Sprechens hatte er mehr und mehr bemerkt, wie unaufrichtig
er zu sich selbst war, durch sein eigenes unerfreuliches Spie-
gelbild hindurch immer auf die hinter ihm an der Wand hän-
genden Fratzen von Vater und Mutter starrte, als habe er seinen Weg durch das Dasein nur im Hinblick auf deren Ende
beschritten. Stets von ihnen gezüchtigt, hatte er, der mit achtzehn nach der Lektüre von Hemingway, Faulkner und Joyce
nicht nur von Abenteuerlust, sondern eine kleine, euphori-
sche Weile lang sogar vom Großschriftstellerfieber gepackt
gewesen war, es niemals geschafft, von zu Hause auszubre-
chen. Nach dem Mauerbau sengend sein Wunsch, wenigstens nach Berlin zu ziehen, um dort Zeitgeschichte, Saufen,
Huren und Philosophie zu studieren. Die Eltern prügelten
ihn fast zum Krüppel, nachdem sie, von irgendeinem Judas
informiert, der Gier ihres Sohnes nach solchen Entartungen
auf die Schliche gekommen waren. Bald hatte sich Leonhards
Freiheitsdrang darin erschöpft, sich das schwebende Erfrie-
ren in Spitzbergen oder den Hechtsprung in den Ätna vorzustellen. Nach dem Tod des Vaters belauerte die Mutter ihn

mit der Peitsche und forderte von ihm auch noch ihr Zuk-
kerbrot – verwirrend selige und gleichzeitig alptraumhafte
Momente, bei denen sie in der Schwüle des Badezimmers ihren erwachsenen Sohne einseifte, abwusch, zu sexuellen Inti-
mitäten stimulierte und zwang, wobei die Wörter *Möse* und
Schwanz nur flüsternd ausgesprochen werden durften.

Darüber hinaus führte Leonhard eine Existenz des qual-
vollen Umgangs mit nüchternen Ingenieuren, staubtrocke-
nen Bauzeichnern, aufmüpfigen Maurern und widerborsti-
ger Statik. Die Menschen und der Beton, in dem sie bis zu
den Knöcheln eingesunken waren, widerten ihn an bis zum
Erbrechen. Wie oft hat er sich auf dem Gerüst, von oben auf
die Welt blickend und in Erinnerung an die süßen schmut-
zigen Nächte, übergeben! Seine Isolierung, sein belächeltes
Image als *Weich-Ei, Neurotiker, Versager* wuchs dadurch naturgemäß weiter. Als die Mutter mit siebzig erschlaffte und
ihn nicht mehr drangsalieren und vergewaltigen konnte, vor
allem aber, nachdem es dem Teufel gefallen hatte, sie in seine
Krypta zu holen, und dann nach der Entlassung aus der Fron
des Berufes, begann Leonhard wenigstens in seinen Träumen, sich aus seinen Fesseln zu lösen.

*Dadurch kam ich, der ich jahrzehntelang die faulen Fernsehweis-
heiten schlucken mußte, die ich zusammen mit meiner Mutter am
Bildschirm serviert bekam, ein wenig zu mir. All diese öffentlich
aufgekratzten Abzocker, ich weiß nicht, wie sie bei Ihnen heißen, in
Deutschland nennen sie sich Christiansen, Jauch oder Schmidt, die
sich für ein Heidengeld, unverschämt mehr als dreißig Silberlinge,
zu geklonten Ichs aufblasen lassen und sich ihrer grotesken Verformung partout nicht bewußt sein wollen! Aber diese Erkenntnis
konnte ich nur hier, in nacktem und gesund abgemagertem Zustand, ausschwitzen. Deshalb kennt meine Dankbarkeit euch Ägyptern gegenüber keine Grenzen. Sagen wir: Wegen dieses wunderbar*

mystischen Gefühls kann ich die ziehenden, klemmenden und hämmernden Schmerzen in meinem schwarzblau angelaufenen Hodensack und in meinem Schädel tapfer ignorieren –

Sie haben mich gerade mit seltsamem Lächeln – hat das eine Bedeutung? – auf das heutige Datum aufmerksam gemacht, als ob ich das nötig hätte. Ich kann den Sinn Ihrer Geste nicht erkennen. Der 9. Mai ist Schillers Todestag. Das können Sie nicht wissen, und mit mir hat das kaum etwas zu tun. Ah, mein Gedächtnis für Zahlen! Den Wert Pi kann ich Ihnen jederzeit bis auf fünfzehn Stellen hinter dem Komma herunterschnattern. Früher waren es fünfzig. Mädchen konnte ich damit allerdings nie imponieren. Meine Fähigkeit hat sie eher abgeschreckt. Jetzt fällt mir zufällig ein, daß sich exakt heute vor dreißig Jahren Ulrike Meinhof, nicht nur an deutschen Verhältnissen zugrunde gegangen, in ihrer Zelle in Stuttgart-Stammheim erhängt hat. Ein Fingerzeig? Ich übersehe ihn, wenn mir auch plötzlich die Angst im Nacken sitzt, verrate Ihnen, daß Franz seine Karriere ebenfalls als sozialromantischer Schriftsteller – melancholische Gesichtszüge, zornige Texte – begonnen hatte und als frisch promovierter Archäologe in Berlin, bevor er sich elegant nach Kairo absetzen konnte, in kleinere RAF-Aktivitäten verwickelt gewesen war. Wie beneide ich ihn um diese Erfahrung! Wohnungssuche für Baader-Meinhof und so. Mehr wohl nicht. Er hat es mir 1973 während eines Spaziergangs um die Pyramiden herum anvertraut. Auch er hatte Ende der Sechziger total verkannt, daß die Jahre nach dem Zweiten Weltkrieg entgegen dem durchsichtig eitlen Aufruhr der Hörsaal-Rebellen und Straßenkämpfer und ihnen höriger Intellektueller mitsamt ihrer verlotterten Oppositionsästhetik nicht die bleierne Epoche der Restauration, trotz allem nicht eine Republik alter Nazis, sondern die vielversprechende Gründungszeit einer Demokratie waren.

Aber warum hat er mich nicht am Flughafen abgeholt, habe ich ihn zu Hause nicht angetroffen, hat er für mich keine Nachricht hinterlassen? Und auch für Sie war er trotz Ihrer Recherchen – bei

der Feststellung meiner Personalien habe ich natürlich auch Franz'
Adresse in Maadi angegeben – offenbar nicht zu erreichen. Deutet
nicht einiges darauf hin, daß der Spaß des Lebens für ihn schon zu
Ende ist? Es sei denn, Sie verheimlichen mir etwas. Überhaupt:
Machen Sie mir nichts vor. Ihre raffinierte Verhörtechnik, sich au-
ßerhalb meines Gesichtsfeldes aufzuhalten und meistens konsequent
zu schweigen, erinnert mich an den Neurologen und Psychoanaly-
tiker, den aufzusuchen meine Mutter nach meinem vierzigsten Le-
bensjahr rigoros von mir verlangt hatte. Nie zuvor hat mich etwas
auch nur annähernd so inspiriert wie die Sitzungen bei jenem skur-
rilen Doktor –»Kroll« oder»Schorm«? So war alles, was ich ihm
vortrug, von Anfang an frei erfunden. Ich fand schnell Spaß daran,
ihn mit haarsträubenden Geschichten – vielleicht erzähle ich sie Ih-
nen später einmal – zu füttern, und zeichnete mich als Karikatur ei-
nes im Untergrund agierenden Bürgerschrecks und Revolutionärs.
Die tiefgreifende Schlußfolgerung, die er daraus zog, lautete:»Sie
haben kein Parkinson, Sie leiden unter Depressionen.« Wußte ich
selbst. Aber er schien alles schlürfend und schmatzend zu genie-
ßen, und mir war, als fresse er hinter meinem Rücken einen Teller
Spaghetti nach dem anderen. Doch mit der Zeit ennuyierte mich
das Kindertheater. Schade, daß man seine Erzählobsession nicht in
einer einzigen, explodierenden Sekunde befriedigen kann und auf
das langwierige Aneinanderreihen von Wörtern angewiesen ist.

Eines Morgens schleuderte der Wärter ihm, kaum daß die
Sonne ihr Frühlicht durch die schmale Öffnung unter der
Decke gehaucht hatte, Unterwäsche, Jeanshose, Turnschu-
he, ein T-Shirt und sein Portemonnaie mit ein paar Pfund-
noten, aber ohne Reisepaß und Kreditkarte, vor die Füße.
Ein Zivilist zwängte sich in die Zelle und teilte Leonhard,
während dieser sich anzog, in fließendem Deutsch mit, daß
er vorerst auf freien Fuß gesetzt sei. Warum? Man brauche
seine Hilfe. Wozu? Der Archäologe Morbach werde schwerer

Vergehen gegen Devisen- und Drogengesetze und des chronischen Kunstraubs beschuldigt. Glaube er nicht, beteuerte Leonhard. Beispielsweise habe jener mit Muscheln und Sand verkrustete Statuen nachts bei Alexandria aus sieben Meter Tiefe heimlich aus dem Meer geborgen und außer Landes geschmuggelt. Behaupten könne man viel. Morbach, bekam er zur Antwort, sei auf der Flucht und stehe außerdem unter Spionageverdacht. Leonhard lachte glockenhell auf: Franz, einer, dessen Großvater nach China ausgewandert war, in den vierziger Jahren eine Art Katamaran erfunden hatte, mit dem Floß von Chile nach Tahiti gesegelt und auf der Rückfahrt ertrunken war? Niemals! Leonhard sei, erklärte der Zivilist unbeeindruckt weiter, mit Franz doch sicherlich enger als jeder andere befreundet. Warum sie das annähmen? Sein tägliches An-die-Wand-Schwatzen sei natürlich abgehört worden. Wo hier die Musik spiele, sei ihm von Anfang an klar gewesen, flüsterte Leonhard. Gut, er müsse Morbachs Aufenthaltsort verraten oder herausfinden, andernfalls er wegen versuchter Vergewaltigung einer jungen, unbescholtenen, für den Rest ihres Lebens stigmatisierten Muslimin angeklagt werde, wobei ihn die Todesstrafe erwarte. Es war, als ob aus der Hölle heraus das Lachen seiner Mutter erklang und ihn ansaugte.

Er nahm alle Kraft zusammen, schnappte nach Luft, wand sich aus der Spirale, verdrängte, was über seine Vorstellungskraft ging und beruhigte sich damit, daß alles, was gegen Franz vorgebracht wurde, zu konstruiert, zu sehr nach Falle, Erpressung und Drohung roch, als daß es der Wahrheit entsprechen dürfte. Was steckte dahinter, was wurde bezweckt? Die Erschaffung der Welt aus ägyptischer Sicht? Wenn sie glaubten, sagte sich Leonhard, daß er in Gaunereien und Schlimmeres verstrickt sei und Geheimnisse kenne: Warum hatten sie ihn nicht – auf dem Streckbett: fünf Zentimeter Zuwachs hatte er sich schon immer gewünscht – gefoltert?

Man bemühte sich nicht, ihm zu verbergen, daß er beschattet wurde. Er ließ sich das gern gefallen, denn es bedeutete auch, daß er *beschützt* war. So strolchte er auf müden und unsicheren Beinen, oft genug sich an Hauswänden oder Laternenpfählen abstützend, dennoch zum Schein pausenlos Reiseführer und Stadtplan konsultierend, als klappere er mögliche Verstecke ab, im Schlepptau immer eine Handvoll indifferenter Gestalten, durch den Khan el-Khalili, die bewohnten Friedhöfe unter dem Mokattam, das koptische Alt-Kairo, das sich Babylon nennt, und die Oase Fajjum, gönnte sich mit dem Taxi auch einen Besuch des Antoniusklosters in der Roten Wüste usw. und verkündete, als er genug vom Sight-Seeing hatte, er wisse nun, wo Franz sich aufhalte: in einem der unzähligen Höhlengräber bei Tell el-Amarna. Ein Ort, den er brennend gern besucht hätte, weil er, wie es anderen mit Troia gehen mochte, immer schon das Endziel seiner Sehnsüchte gewesen ist: Vor dreieinhalbtausend Jahren hatte dort Echnaton mit Nofretete geschlafen –

Wieder ist er, nun schon seit Stunden, mit verbundenen Augen auf dem Rücksitz einer – diesmal klimatisierten – Limousine unterwegs, wird durch die Erschütterungen der Fahrt zwischen den eisernen Schultern zweier massiger, wie er selbst nach Schweiß riechender Körper fast zerrieben. Der Mann hinter dem Lenkrad ist kaum zu ahnen, gibt keinen Laut von sich. Chauffeure sind nicht immer so. Was ist das Besondere an ihm? Sitzt ein Toter am Steuer? »Die Straßen sind aus ihren Bahnen geglitten, alle Wege irren in die Fluren hinaus. Wörter zieht es einfach weg, in die Ferne, wie Schwalben nach Afrika. Wo ist Ägypten?« So würde er seine Schilderung dieses Abenteuers beginnen, denkt er noch, dann hat ihn die Gegenwart endgültig im Griff: Stop, unverständliche Rufe, Fluchen, Gelächter, vorsichtiges Anfahren, Schwanken, Motor aus, die Autotür geöffnet, eine leichte Brise im Gesicht, eine Hand auf seiner Schulter: »Wir überqueren den Nil, sind gleich da, die Reise ans Ende der Geschichte ist geschafft.«

Als Kind hat er, nach der Schule am offenen Hof einer Metzgerei vorbeischlendernd, mit ansehen müssen, wie ein vor Todesangst hysterisch quiekendes Schwein mit einem Bolzenschuß getötet worden ist. Sonst würden wir verhungern, haben seine Eltern zu Hause kühl erklärt. Da er ums Leben gern Wurstscheiben aß, hatte er nicht länger darüber nachgedacht. Aber jetzt ist dieses Erlebnis schrill präsent, denn Leonhard spürt den Druck eines Pistolenlaufs am Kopf.

Das Leben bestehe hauptsächlich aus wilden Assoziationen und Träumen, weil jedes Individuum die stammesgeschichtlichen, kulturellen, historischen und gesellschaftlichen Erblasten der Menschheit auf die eine oder andere Weise in den Strukturen seines Gehirns und seiner Psyche fest verankert mit sich trage, hatte »Doktor Schorm«, oder wie er hieß, mir eingebleut. Aber hallo, ein kalter Stahl an der Schläfe, und schon bin ich der ausgezeichnete, mit dem Tod bedrohte Mittelpunkt des Weltalls, in dem sich das Universum wiedererkennt? Etwas hilflos blicke ich in den Spiegel, der mir eines Tages den teuflischen Befehl erteilte: Sei du selbst! Aber da schaut mich nur ein Ungeheuer – Vergewaltiger, Gotteslästerer, Staatsfeind – an. Ach, mit meinen harmlosen Lügen habe ich doch nur versucht, dem Sein eine Falle zu stellen. Darüber bin ich am Ende selbst zum Gefangenen geworden, und die Welt erscheint mir weiterhin nicht nur des Nachts im Traum verzerrt, sondern auch tagsüber. Und was, wenn einen wegen der Schwindelanfälle lange Jahre hindurch die Angst verfolgt, an Parkinson zu erkranken? Können Sie das nachempfinden? Daß einen nicht die Sehnsucht nach Vollkommenheit, sondern der blutige Ernst der Unvollkommenheit erledigt? Insgeheim sind doch alle orientalischen Gesellschaften schon einmal den Ideologien des Westens – Nationalismus, Kapitalismus, Sozialismus – nachgelaufen und gescheitert. Herrgott, statt

144

froh darüber zu sein, daß ihr gerade nicht an der Suizidvorstellung des Fortschrittglaubens laboriert, verschreibt ihr euch, weil euch die Anpassung an das okzidentale Weltübel nicht gelungen ist, aus albernem Trotz dem Islamismus und seinem Terrornetzwerk. Dabei würde es doch genügen, das englischsprachige Heer der geldgierigen Eroberer an euren Öltürmen und Kulturschätzen vorbei in die Wüste sausen und sie dort genüßlich verrecken zu lassen. Nicht? Ach so, jetzt begreife selbst ich, was die Welt im Innersten zusammenhält: Irgendwann ist bei jedem der Schnittpunkt zwischen Endlichem und Unendlichem erreicht, dürfen sich Gutes und Böses die Hand reichen –

Was erzählen Sie mir jetzt schon wieder? Franz sei mit seinen Ideen baden gegangen, weil die Menschheit insgesamt einfach zu verkommen für Moralisches, zu unbeholfen für Theoretisches sei? Vor Jahr und Tag habe er sich von der Archäologie abgewandt, um sich ganz dem Schreiben und den brennenden Themen dieser Welt, dem global sich ausbreitenden Flächenbrand des totalen Unsinns, zu widmen. Das sei schließlich jedes Schriftstellers heilige Pflicht. Franz habe mir jenen Brief geschrieben, um sich Hilfe bei der Formulierung seiner Gedanken zu sichern, und habe sich in seiner Verzweiflung, die Interessen Ägyptens völlig mißverstehend, auch noch für die Rückführung der Nofretete von Berlin nach Kairo eingesetzt. Da nichts von alldem zu schaffen war, habe er sich in den Nebel seines persönlichen Flußlaufs zurückgezogen, sei allerdings vorher schon im Metaphernrausch auf die schiefe Bahn geraten. Was für eine Perversion, ergibt das denn einen Sinn? Woher wissen Sie das alles? Lassen Sie mich mit Ihren lächerlichen Anschuldigungen in Ruhe und beschmutzen Sie –wie interessiert Sie anfangs meine diversen Toilettengänge und meine ungeschickten Versuche über dem stinkenden Bodenloch beobachtet haben! – meinen Sprachraum nicht.

»Ich muß Ihnen recht geben«, sagt er ins Dunkle hinein: »Ich kenne Franz Morbach nur als Verbrecher und Halunken. Frau und Kind hat er nie besessen. Nehmen Sie mir jetzt die Augenbinde ab?«

»Noch nicht. Sprechen Sie weiter.«

»Mit sechzehn hat er mir übel nachgeredet und mir die Freundin ausgespannt. Er hat sie entjungfert und sitzen gelassen. Er war, rachsüchtig und hämisch, stets nur auf seinen Vorteil bedacht. Trotzdem hing ich an ihm. Einen anderen hatte ich nicht. Nach dem Abitur hat er, der geborene Judas, meine hochfahrenden Berlin- und Lebenspläne, meine angeblich ketzerische Meinung über Eltern und Staat und meine intimsten Phantasien von Jungen und Mädchen verraten und dafür von meiner Mutter eine hohe Belohnung erhalten. Andererseits hat er Geld, das er sich von mir geliehen hatte, nie zurückgezahlt. Keinem Wort, das ihm über die Lippen oder aus der Feder kam, konnte ich trauen. Er würde mich jederzeit dem Schwert ausliefern, wenn er sich dafür frei kaufen könnte. Spüren Sie ihn auf und richten Sie ihn.«

Er weiß nicht, was mit ihm geschieht und warum es passiert. Er will sich nur in den nächsten Augenblick hinein retten, denkt, so gehe es dem Guten, und so gehe es dem Sünder, das Böse aber unter der Sonne sei, daß keiner von sich sagen könne, wer er ist. Kleist, tragen ihm seine Erinnerungen zu, hat sich erst im Tode verwirklicht gesehen und vermutete von sich, daß er *ein unaussprechlicher Mensch* sei. Exakt, genauso fühlt sich Leonhard jetzt. Man zerrt ihn aus dem Wagen. Unsicher stolpert er über wegrutschende Gesteinsbrocken, spürt am linken Oberarm den Griff einer schnell und hart zupackenden, ihn im Gleichgewicht haltenden Hand. Noch immer hat ihm keiner die straffe Binde von den Augen gelöst, kann er den Tag nicht sehen, trägt nur dessen heißes, flüssiges Gewicht auf dem Kopf. Was stellt er sich vor? Nirgends ein Baum, nirgends ein Busch, ein Talgrund, flach, weit und öde, von fernen, glatt und lotrecht aufragenden Felswänden begrenzt, welche die melancholischen, von seiner eigenen Unvollkommenheit komponierten Melodien aus seinem Inneren empfangen und als Echo zitternder Gefahrensignale über die Geröllebene zurücksenden.

Aus den Farbflecken und Gesteinskügelchen geht zwar eindeutig hervor, daß die Erde nicht einzigartig ist (auch ich bin in einem palästinensischen Dorf geboren), doch habe ich schon lange vermutet, daß jene Blaubeeren, die auf dem Mars nur mit einer Fotolinse wahrzunehmen sind, hier mit eigenen Augen studiert, angefaßt und verspeist werden können. Ein Dutzend Neugierige, schätze ich, seid ihr. Wärter, Soldaten, auch Gestalten in weißen Kitteln und grünen Latexhandschuhen: Pathologen und Leichenbestatter. Jedenfalls dünstet ihr das aus. Und wenn ich mir euer Erscheinungsbild vorstelle, kann ich nur feststellen: Die psychischen Störungen sieht man euch an.

Mag ja sein, daß Spitzbergen friedlich und verheißungsvoll wie eine Mondlandschaft aussieht und der Ätna so scharf wie die Hölle auf mich ist. Dennoch habe ich mich für Achetaton entschieden, um hier, um mich selbst trauernd, meine Musik zu Ende zu spielen. Nein, über die Amarnazeit weiß ich kaum mehr als Sie. Ich glaube nur, daß dies hier eine der bedeutendsten Stätten in der Geschichte der Menschheit ist, ohne daß ich das Gefühl hätte, dies angemessen tief empfinden zu können. Echnaton und Nofretete bastelten auf visionäre Art und Weise an einer besseren Welt. Es ist zu spät, Ihnen das darzulegen. Geradezu albern, vermute ich, erscheint es Ihnen, die Augen vor dem Drama der Wirklichkeit zu verschließen und die kargen Überreste einer künstlichen Gebildes anzuhimmeln, zumal auch Echnatons Gottesstaat für die Untertanen alles andere als eine Idylle war. Richtig? Dennoch: Verlieren Sie nie den Glau-

ben an eine Idee. *Gut, heute schreitet man hier durch Einsamkeit, Schwermut, Furcht, und es riecht nach der kalten Asche von Haß und Rache. Wenn Sie aber mit sich selbst noch irgendeine Hoffnung verbinden, dann halten Sie diese fest. So wird auch Ihnen das Leben am Schluß zum Gedicht: Kalt, finster und trotzdem zum Weinen schön.*

Nein! Nein, und nochmals nein! Entschuldigen Sie bitte meine abendländische Anmaßung, Ihnen Ratschläge zu erteilen. Also: Was verstehe ich unter der »Großen Humanistischen Revolution«? Ach, ich wage immer noch nicht, es zu formulieren. Wahrscheinlich ist es nur ex negativo oder dialektisch zu fassen. Zuletzt hatten die Achtundsechziger – die stillen idealistischen Begleiter, nicht die kaltschnäuzigen Führer – diese Utopie wie einen Sonnenaufgang überm Meer vor sich gesehen, und als sie darauf zugingen –

Was dachte sich Franz dabei? Hatten wir nicht irgendwann einmal gemeinsam davon geschwärmt? Wieviel Verrat man doch im Laufe seines Lebens, diesem theatralischen Kitschprodukt, begeht! Immer kämpft man sich durch ein unübersichtliches Feld einer Hundertschaft sich vor dem Wind drehender Zwickmühlen, ohne jemals die Übersicht zu gewinnen. Wie habe Schiller, der Friedens- und Kriegsforscher, hat Franz mich einst fassungslos gefragt, es bloß geschafft, den »Wallenstein« zu schreiben? Ja, unser edler gemeinsamer Freund, antwortete ich, war eben davon überzeugt, daß die Menschen bis in alle Ewigkeit nicht reif für ein gottgefälliges und gerechtes Gesellschaftssystem sein würden, heute seien wir aber verbildeter und dümmer als jener im 18. Jahrhundert. Verzeihung, ich schweife schon wieder ab. Wo habe ich, haben Sie am meisten versagt? Daß wir nie – strategisch, politisch, künstlerisch – gehandelt haben?

»Achetaton, ich habe es dir versprochen, Leonie«, flüstert eine Stimme, die ihm bekannt vorkommt, die er aber noch nicht identifizieren kann. »Wer bist du?«, fragt er, und im selben Moment kennt er die Antwort schon. Dann nestelt jemand umständlich an seinem Hinterkopf herum. Das Tuch vor den Augen fällt, Licht sticht wie ein Messer auf ihn ein und erhellt jene Schlucht, an deren Grund Leben und Tod im Kampf ineinander verkrallt sind. Langsam nimmt er die Hände vom Gesicht, und aus den flirrenden Umrissen vor ihm schälen sich menschliche Wesen heraus. Eines tritt vor. Auge in Auge stehen sich Wiedererkennen und Zuversicht, Befremdung und Freude, Mißtrauen und Lüge, Angst und Erschrecken gegenüber, bis Franz, neben dem sich der Henker, das bekannte Gesicht, aufgepflanzt hat, mit den Worten »Hier steht er, der Verächter des geheiligten Westens« auf ihn zeigt. Leonhard steht beschämt vor ihnen und errötet vor Wut, ist wieder ein Kind: Der Kreis ist geschlossen, als ob seit damals nichts geschehen wäre. Kann er aufatmen? Dann erkennt er, daß auch Franz Handschellen trägt.

Ein Treck der Verzweifelten Afrikas – 17 Millionen seien auf der Flucht – strebt wie ein Strom von Lemmingen in Richtung Europa. Aber man will sie dort nicht willkommen heißen, weil man weiß, daß sie in einen Abgrund stürzen werden, der noch tiefer ist als der, aus dem sie heraus gekrochen sind. Mir selbst – ich kann es nicht oft genug betonen, und wenn es Ihnen zum Hals heraus hängt – waren die abstoßende deutsche Mentalität des Strebens und Raffens und der tumben Technologiehörigkeit, besonders aber unsere Nazivergangenheit – jedem hellhörigen Bürger waren damals wenigstens Gerüchte, Hinweise und Teilinformationen über Segregation, Vertreibung, Deportation und Massenmord zu Ohren gekommen, zumal die Judenverfolgung offen propagiert worden war – eine zum Würgen enge Schlinge um den Hals. Ich barst vor Sehnsucht nach einer lügenfreien Zone, verzehrte mich nach sinnvoller Aktivität. Im Gefühl der Nutzlosigkeit führte ich ein qualvolles Leben zwischen Ekel, Angst, Atemnot, Entbehrung und Scham. Wie anders?

Nie kam es mir in den Sinn, dagegen aufzubegehren. Ich war immer ein Duckmäuser und Opportunist. Gelegentlich versuchte ich mir vorzustellen, wie ich mich als Jude gefühlt und verhalten hätte. Wäre ich unter Hitler wenigstens zum Terroristen geworden? Ich hoffe es. Was ist los mit Ihnen? Ihre linke Gesichtshälfte beginnt wieder zu zucken. Offenbar hat Ihnen das Leben ganz schön die Nerven und den Verstand zerfetzt. Ich könnte mir vorstellen, daß bei Ihrem Einsatz als Sanitäter in Suez 1973, sagen wir: ein Junge auf Sie zu rannte und Ihnen eine Handgranate mit gezogenem Split in die Faust drückte, so daß Sie über zwei Stunden in voller Montur, das Kind im Schwitzkasten, den Daumen auf dem Metallbügel, in der prallen Sonne knieten und –

Verzeihung, zu viele Fragen bedrängten auch mein Leben, deshalb zog es mich schließlich nach Ägypten. Ist es nicht ein fundamentales Recht des freien Menschen, zu wandern? Was sagen Sie dazu? Nichts? Scheint, daß ich weiterhin allein mit mir und meinen Alpträumen von den anderen verstümmelten Schemen – meiner Mutter, Léons, Franz' und Aishas beispielsweise – auskommen muß.

Leonhard sieht noch aus den Augenwinkeln, obwohl sein Haupt niedergedrückt wird, wie Franz die Fesseln gelöst werden und dieser sich, ohne ihn zu beachten, mit Handschlag von den Richtern verabschiedet. Die Komik überwältigt ihn, er bricht in hysterisches Gelächter aus: »Das Leben zerläuft, egal, was man sich vorgenommen hat!« Er fängt an zu zittern, windet sich unter Schüttelanfällen und schreit bebend zum Himmel: »Wir stehen hier statt einer Landgemeinde und können gelten – ja, wofür?« Eine Art epileptischer Anfall wirft ihn zu Boden. Dann werden ihm wieder die Augen verbunden.

Was kann mich noch retten? Ich knie ja schon vor Ihnen. Längst habe ich mich zu Allah und seinem Propheten Echnaton bekannt, sehe ein, daß Schillers Unterscheidung von naiver und sentimentalischer Dichtung auf einem unhaltbaren Bild von der Antike beruht, gebe zu, daß der Siegeszug des fürchterlichen Christentums – ach, zu gewissen Zeiten schweinigeln wir, jede und jeder auf seine Weise, doch alle – nur durch die missionarische Ausrottung von Hunderten von Naturvölkern und anderen Zivilisationen, der Ermordung von Millionen Andersgläubigen, der Vergewaltigung von Milliarden von Seelen, der Zertrümmerung von Tempeln, Städten und Statuen und dem Verlust Hunderttausender antiker Zeugnisse möglich war. Die Nachfolgerin dieser Zerstörungswellen ist die von Ihnen – ich merke es Ihrem Schweigen an – heimlich bewunderte»Globalisierung«, ein ganz und gar vorsintflutlicher Begriff, der logischerweise nur Produkte favorisiert, keine Menschen. Manager, wenn ich das bei dieser Gelegenheit gerne und zum wiederholten Male bemerken darf, sind weltweit nichts als Straßenräuber, da ihr Job keinen anderen Inhalt mehr kennt als Geld einzutreiben. Ich schwatze Unerhörtes, ich weiß. Um zu beweisen, was ich sage, fehlen mir differenzierte Informationen und – im Gegensatz zu Franz – leider auch die intellektuellen Mittel. Archäologe zu sein, heißt – ach, ich könnte Ihnen nur Angelesenes aufzählen, ich habe einfach zu viele Leerstellen im Kopf. Luxor, Troja, Pergamon, Karthago, Milet habe ich nie besucht. Kann weder kochen, noch fliegen, noch radfahren, noch schwimmen. Über Dürer, Tizian, Rembrandt, Mozart, Beethoven, Bach, Shakespeare, Goethe oder Joyce weiß ich nahezu nichts. Auch Mohammed, Zarathustra, Averroes: in meinem Bewußtsein schwarze Flecken. Habe ich je etwas Grundlegendes wahrgenommen von der Welt? Soll ich Sie etwa mit Ingenieursweisheiten nerven? Kennen Sie die Methode des ziehenden Aufweitungsbohrens? Nein, mit Folter hat das weniger zu tun. Wäre aber zu bedenken. Interessiert es Sie, daß in Island gerade der größte Steinschüttdamm Europas gebaut wird; daß das Areal nur

zwei Monate im Jahr schneefrei ist; daß das von vier Dämmen auf-
gestaute Schmelzwasser aus dem Vatnajökull-Gletscher durch ein
vierzig Kilometer langes Tunnelsystem bis auf die Höhe der Ma-
schinenhalle geleitet wird, um dann über zwei Vierhundertzwan-
zigmeter-Schächte auf die Turbinen zu stürzen? Soll ich Sie mit
technischen Details überhäufen? Sie würden darin ersticken. Au-
ßerdem bezweifle ich, daß ich die Daten korrekt wiedergeben könnte.
Und im Dunkeln kann man nicht reisen. Punkt. Da sind wir beide
sicherlich wieder einer Meinung. Ich möge das Thema wechseln?
Warum? Wie Schnipsel eines Horrorfilms schwirrten mir, wirft
mir Ihr spöttischer Gesichtsausdruck vor, Fragmente unbewältig-
ter Probleme und Erinnerungen im Gehirn herum. Sie verblüffen
mich. Also einverstanden. Aber wohin sich wenden? Norden, Sü-
den, Zukunft, Vergangenheit, Osten, Westen? Die zehn christli-
chen Gebote? Verstehe, ich weiß Ihre Häme zu würdigen, ich gönne
sie Ihnen. Dennoch: Ich *bin es, der hier unter Anklage steht und*
sich rechtfertigen muß!

Und noch einmal, auch wenn Sie jetzt gähnen: Was mich mehr
als alles andere gegen die Eltern aufbrachte, war die selbstverständ-
liche Verdrängung der Naziverbrechen: »Davon haben wir nichts
gewußt.« *Eine ganze Kriegsgeneration offenbarte nach der Nieder-*
lage ihre pathetische Feigheit, ihre kriminelle Flucht in die geheu-
chelte Unwissenheit. Und ich? Als ich nach der Pubertät die Augen
öffnete und langsam zu mir kam, entwickelte sich schnell der Wille,
Leid und Elend in der Welt nicht gleichgültig hinzunehmen. Bald
kam die Ahnung dazu, daß die ungerechte Verteilung von Reich-
tum und Armut kein Naturgesetz sei. Warum verhungerten Jahr
für Jahr Millionen Kinder in den Ländern Ihrer von uns unter-
drückten und böse diskriminierten »Dritten Welt«? *Dann haben*
mich die Bilder vom Vietnamkrieg geprägt, die Nazi-Vergangen-
heit vieler deutscher Honoratioren, die kalte Amnestie für diese sat-
ten Verbrecher.

Aber alles, was in mir vorging, behielt ich für mich. Damit bin ich zum Judas meiner selbst geworden. Ich bin nicht besser als die anderen, habe mich – mit Rücksicht auf »Familie, Sachzwänge, gesellschaftlichen Konsens« – ebenfalls mit Vereinfachungen, Ausflüchten und Verschönerungen durchgemogelt, mache, wenn ich auf mein Leben zurückblicke, nichts als rauchende Trümmer aus. Zufrieden? Ja, dies entspricht meinem eingeschränkten Gefühl von Dasein, an dessen verdüsterter Grenze sich – lachen Sie nicht – für mich blutrot und unverrückbar die hieroglyphenbedeckte Stele des Sterbens erhebt. Sie werden mich in wenigen Minuten wegen meiner krassen Schuld und widerlichen Wehleidigkeit hinrichten. Willkommen, geschieht mir unbedingt recht. Was ich Ihnen zum Schluß noch verraten darf: Ich selbst weiß mich – das dürfte Ihnen nicht ganz fremd sein – seit frühester Kindheit nicht gewollt, nicht geliebt, ganz und gar überflüssig. Unfrei geboren war ich, lag von Lebensbeginn an überall in Ketten. Kennen Sie Rousseau? Je mehr die Technologie mich aufzufressen versuchte, desto stärker wuchs meine Sehnsucht nach einem »Arkadien«. Was habe ich nicht alles mobilisiert, um gegen die grausame Wahrheit der Fakten aufzubegehren: Träume, Hoffnung, Vertrauen, Literatur. Nachdem ich mit dem Begriff »Welt« jahrzehntelang vor allem Ekel, Lärm, Schmerz und Angst – meine, wie Franz einst spottete, makellose Schönheit und mein honigfarbener Teint dürften dadurch wohl etwas gelitten haben, oder? – verbunden habe, will ich von dem ganzen Unfug nichts mehr wissen, nichts über die Vollgefressenen, nichts über die Hungernden, nichts über die Analphabeten, nichts über die Nobelpreisträger, nichts über die Priester und nichts über die Schurken. Und nun? Sie verfügen in Ägypten doch über Weltraumradar, Computermodelle, Massenspeichermedien, Infrarot-Fotografie, Sie beherrschen die Radiokarbondatierung, das Magnetresonanz-Imaging, DNA- und chemische Analysen. Nichts leichter, als mich und die Ursachen meiner, sagen wir versöhnlich, individuellen Verwirrungen und Widersprüche mit diesen superben – nicht wahr? – technischen Mitteln zu erforschen, da mir dies trotz aller mensch-

lichen Finten und Mühen offensichtlich nicht gelungen ist, und mir zu vergeben. Wer hätte je gewußt, was das Wort Wahrheit *bedeutet? Wie hätte ich da meine Emotionen im Zaum halten, dem blütenweißen Jasminduft der ägyptischen Lolita in meinen Armen widerstehen sollen? Und: Wer wollte ihr im Ernst jenen Sekundenbruchteil des Glücks wieder rauben? Sprechen Sie mich, den simplen Hominiden, kraft Ihres Amtes einfach frei! Ich werde der Wüste den Rücken kehren und zurück an den Nil laufen. Besteht der Lebenssinn doch darin, morgens zum Schöpfrad zu eilen und abends mit einem gefüllten Krug auf dem Kopf heim zu Frau und Kindern zu kommen –*

Vorbei die heillose Angst, das Selbst zu verfehlen, denn es war niemals vorhanden! Oder lügt er sich schon wieder nur alles zurecht? Kein abendländisches Bewußtsein, das sich aufs Ordinärste nicht selbst hereinlegte; kein Gespräch, in dem nicht nach Strich und Faden geschwindelt und hochgestapelt würde, kein Gedicht, das nicht von obszöner Anmaßung zeugte, kein Glückwunsch, in dem nicht der giftigste Neid mitschwänge, kein Freund, der einen nicht schamlos hinterginge, kein Geständnis, das ohne den Schneckenschleim der Hintergedanken wäre.

»Leonie!!« Ein meckerndes, in Wellen aus der Kindheit ihn anspringendes, in den Ohren hämisch klingelndes Echo. Gerade noch schattenhaft in sich versunken, errötet er plötzlich vor Scham: *Nein, das bin ich nicht!* Nun weiß er auch nicht mehr, ob es sich hier tatsächlich um Tell el-Amarna handelt, er hält es sogar für möglich, daß sie sich jetzt in einer der aufgegebenen, riesigen Braunkohlegruben im Osten Deutschlands befinden. In seiner stundenlangen Ohnmacht, in der er wie aus Gips und über einem Kalkstein modelliert wirkte, hätten Sie ihn, ohne daß er es bemerkt hätte, leicht nach Berlin ausfliegen können, um ihn am Ende der Reise zu einem seltsamen Ausgrabungsstück zu erklären. Vielleicht haben sie ihn einfach ins Wadi Digla außerhalb Maadis gekarrt, oder in den Sinai, oder nach El Alamein. Na und? Verlorene Gegenden gibt es genug im weltweiten Vergnügungsraum des Jammerns. Sollte er ausgerechnet hier, unter der strahlenden Leichengruft des Himmels und mitten in der Gegenwart des Vergangenen, das Fehlen von läppischen Ruinen beklagen? Das wunderbare Gefühl, körperlich nicht mehr zu existieren und als Geist frei im Paradoxen herumzuschweben, beweist ihm aber nur, daß alles um ihn herum *Wirklichkeit* ist. Auch das seltsame, wie aus dem Jenseits kommende Geräusch? Entweder ist es eine Schlange, denkt er mit sanfter Ironie, oder das warme Fauchen des nun auf meinen Hals niedersausenden Schwerts –

Da öffnete ich meinen Mund zu meiner Seele, damit ich Antwort gäbe auf das, was sie gesagt hatte.

〰〰 Der arkadische Schmerz 〰〰

1

In dunklen Nächten sucht mich oft mehr heim, als ich ertrage. Dann reißt es mich von einer Parallelwelt in die andere. Bald sitze ich aufrecht, fliegenden Herzens im Bett, bald sinke ich wieder matt in die Kissen zurück und merke, daß ich nichts als Widersinniges erkenne: Hornissen im Gefüge der Schluchten, darüber Milchspuren von Flugzeugen. Geknebelte Räume. Windzirkel, Straßenhälften, Schraubschlösser. Bin ich da? brabble ich vor mich hin: Sterbend, ohne zu sein? Will mich befreien. Wanke in den Tunnel eines Kaleidoskops mit funkelnden Rubinen, zerklüfteten Landschaften und gläsernen Spiegelungen hinein. Ein Heer von erfrorenen Einzelgängern. Dreißig, vierundzwanzig? Kann sie nicht zählen. Versuche, mich vom törichten Reigen der zersplitterten Figuren zu lösen, mich im geflüsterten Formulieren von einfachsten Dingen zu finden: »Ich. Liege. Im. Bett. Ich. Horche. Auf das Atmen. Des Raums. Ich. Spüre das Vibrieren. Der Luft. Vermag Finger und Füße. Allerdings. Kaum. Zu. Bewegen.« *Welchen Vers nur soll ich mir auf mich machen? Wo* habe ich diesen Satz nur gelesen? Hat ihn Nabokovs *Zauberer* gesprochen? Im Schneegestöber meiner Erinnerung ist nichts zu entdecken. Das verdammte Leben muß doch endlich zu packen sein! Versuche, etwas Logisches zu tun. Aber der Unverstand tanzt weiter mit mir: Wo in aller Welt versteckt sich das reale Geschehen? Mit bangem Griff zwischen die Beine versichere ich mich des traulichen Gewichts meiner feuchtwarmen Hoden.»Wie gut. Ich bin!« Doch immer noch sind die Nachtmahre nicht von ihren Fragezeichen zu lösen, baumeln als die mehr oder weniger flüchtig Beteiligten meines Lebens nun von irgendwoher an Fleischerhaken herab. Das Rasseln stählerner Ketten. Mumien sausen auf mich nieder und begraben mich unter sich. Das Echo des Zellentrakts? Haben wir am Wochenende nicht alle zusammen Dachau besichtigt? Warum wird mein Skelett von Krämpfen geschüttelt? Ich strample mich los, dabei verpuffen die Einbalsamierten unter hauchendem Klagen zu Staub.

»Als Leonhard aus seinem Traum erwachte, ahnte er, daß er verloren war.« Das könnte der Auftakt einer unterhaltsam, locker und unverbindlich in der dritten Person erzählten Novelle sein. Aber warum sollte ich, Leonhard Spielmann, fahrlässig handeln und meine Ängste und Träume erzählen, gar als Realität ausgeben? Niemand außer der bedauernswerten Figur des Psychiaters kann daran interessiert sein. Bin ich denn ein erfundenes Wesen? Sollte ich mich weiterhin in ein anderes, meinetwegen einzigartiges, symbolisches, metaphorisches, modellhaftes, aber dennoch unwahres Leben zurückziehen, nur weil das bestehende sich zur Finsternis am Tage verdüstert und mein eigenes Ich, wenn auch zum allergeheimsten Vergnügen meiner Seele, gelegentlich außer Rand und Band gerät? Muß ich nicht endlich damit aufhören, feige unsichtbar sein zu wollen, Spuren zu verwischen oder mich hinter Masken und Geschichten zu verstecken? Solche Konstruktionen finde ich in hohem Maße albern. (Ich stelle fest: Was immer ich über meine Herkunft zu verraten schien, ist falsch. Der Stammbaum der Familie Spielmann läßt sich in Sibyllenburg lückenlos, also auch durchs *Dritte Reich* hindurch, bis ins Jahr 1617 zurückverfolgen.) Schriftsteller, heißt es, gefährliche Missverständnisse provozierend, schrieben Geschichten, um darin unser Menschsein – aber haben wir Ingenieure es uns nicht fast vollständig aus der Hand genommen? – zu evozieren. Und niemand kann behaupten, daß die Versuche gegenwärtig nicht meistens empörend erbärmlich ausfielen. Aus der Literatur ist eine Unterhaltungsbranche geworden. Warum wohl haben die jungen, von der Popkultur verseuchten »Poeten« nichts Besseres zu tun, als den Markt mit schreiend gefälligen Produkten zu beliefern? Klar, Zorn und Neid sind auch meine Geschwister. Dabei gibt es doch so viel zu analysieren und anzuklagen bei all dem Ungeheuerlichen, das, von jedem von uns ausgehend, mit uns und um uns herum passiert. Wenn Literatur jemals eines der wichtigsten Mittel war, den phantastischen Komplex *Dasein* zu verstehen und zu erhalten, gleichzeitig unser Bewußtsein, unser Mitgefühl, unsere Toleranz, unsere Fähigkeit, sozial zu sein, zu erweitern, dann muß sie in unserer dahinvegetierenden, zum Autismus tendierenden Massenkultur andere Wege beschreiten.

Auf einer Schnur aufgereiht, wie in Rollstühlen festgezurrt, kauern wir von morgens bis abends vor Bildschirmen und beglotzen mit schon viehischer Lethargie Zahlen, Fakten, Lügen, Verbrechen und eine Arktis, in der die Eisschmelze kein Halten mehr kennt. Eine Schande, wenn der Mensch, auch ein geistig eher ungeschickter wie ich, sich nicht dennoch unaufhörlich denkend müht und nicht täglich von der Sehnsucht nach erlebtem Humanismus beseelt wird! Sicher, mein

Pathos bringt mich selbst zum Lachen. Dennoch: Ich darf dies – wie auch das Problem von der Fülle und der Gleichzeitigkeit aller Dinge – nicht weiterhin bequem von mir weisen und der Willkür oder dem Boulevardwitz künstlicher Figuren überlassen, sondern muß mir das ganze Elend einer Welt, die bereits durch die Dämmerung torkelt und die Krankheit, die von ihr Besitz ergriffen hat, immer noch nicht wahrhaben will, selbst auf den Buckel packen und gerade wegen der ätzenden Last der Erkenntnisse vom ungenormten und freien, altruistischen *Ich* reden, solange ich – obwohl ich im Vergleich mit den »Großen« nur ein spinniger Winzling bin – noch begreifen und formulieren kann, wie verrückt alles um mich herum ist. Patienten im fortgeschrittenen Stadium der Verwirrung erkennen sich nicht einmal mehr im Spiegel.

2

Ende der schwärmerischen fünfziger Jahre war uns Sibyllenburg als ein Ort erschienen, der uns oft genug außerhalb der weltlichen Wirren an Aishas Seite durch Echnatons Sonnenstaat oder Vergils Kunstmythos Arkadien wandeln ließ, Landschaften, zu denen, was wir damals nicht wußten, immer auch die Klage um den Toten an dem von ihm selbst beschrifteten Grab gehörte. Was soll ich sagen: Am Tage unserer Reifeprüfung hat Franz das Jenseits gesichtet. Ein halbes Jahr zuvor hatten wir – beide seit Jahren in brennender Hingerissenheit für das Schöne um Aisha, der in Kairo geborenen Mitschülerin, Tochter eines 1943 von Hitler heimgeholten Ägyptologen, buhlend, die wir anbetungswürdig wie Nofretete fanden – uns im »Sonnenstechen« gemessen. Aishas fatales Angebot: Wessen Blick den gleißenden Strahlen länger standhielte, würde von ihr erhört werden. Ich preßte schon nach einer halben Sekunde die Lider über dem Feuerwerk auf meiner Netzhaut zusammen. Franz gewann somit das Spiel, tanzte, als Aisha ihn mit dem Mund beglückte, blind im Himmel, erhielt sein Sehvermögen aber nie mehr zurück. Zum Abitur war er, hochbegabt, voller Wissen, nicht erschienen, und als ich verstört nach Hause kam, überfiel mich meine Mutter im Triumphton einer Anklage mit der Nachricht, daß Franz sich am Morgen unter offenbar entsetzlichen Begleiterscheinungen mit einer selbstgebastelten Guillotine umgebracht habe.

Um Aisha zu imponieren, hatten wir aus der Stadtbücherei Werke zu Landschaft, Kultur und Geschichte Griechenlands und Ägyptens entliehen, und mit großem, stark erotisch motiviertem Eifer versucht, aus dem Wirrwarr so etwas wie eine Erkenntnis zu ziehen, wobei mir Franz in allen Belangen überlegen war. Während sich mir nicht allzuviel erschloß und wenig im Gedächtnis hängenblieb, war er vom *Gespräch eines Lebensmüden mit seiner Seele* (aus einem Berliner Papyrus) so bewegt, daß er es bald auswendig hersagen konnte. Besonders faszinierte ihn der mystische Sinn, den die Ägypter dem Sonnenlauf andichteten, und als er schließlich auf die neue, revolutionäre Theorie stieß, schmolz er buchstäblich dahin: Sein kosmisch unruhiger Geist hatte in Echnaton einen Verbündeten gefunden, durch ihn sah er sogar die Nervenfragen der Gegenwart formuliert. Nach Franz' Erblindung – Aisha schien mich nicht mehr zu kennen, kümmerte sich liebevoll nur noch um ihn – geriet mir vieles durcheinander, nach seinem Tod torkelte ich nur noch, zwischen seinem und meinem Ich pendelnd, dahin. Ein Jahr später, Ende August 1961, erlaubten mir meine Eltern, im gerade erst eingemauerten

Berlin Zuflucht zu suchen, baten mich aber, dem Trübsinn, so gut es ging, entgegenzuwirken und trotz allem der Familientradition und des gesicherten Lebensunterhalts zuliebe den Beruf des Bauingenieurs anzustreben. Furchtbar verquälte Jahre an der Technischen Universität, in denen mein Erschrecken über mich, die gesamte Menschenwelt und ihre gewählten oder selbsternannten Repräsentanten täglich vertieft wurde, schlossen sich an. Trotzdem vermochte ich das vom Vater finanzierte Studium erfolgreich abzuschließen. Danach startete ich, mir Schiller'schen Kulturernst vorspielend und mich dem Schönen und scheinbar Nutzlosen zuwendend, den angesichts meiner intellektuellen Defizite geradezu törichten Versuch, Schriftsteller zu werden.

Schon immer hatte die Sonne eine magische Kraft auf mich ausgeübt. Also befreite ich mich aus der Zwangsjacke Mitteleuropa und vagabundierte ein volles Jahrzehnt in arkadischer Schwerelosigkeit – häufig unter Mithilfe eines Ochsenkarrens, eines mitleidigen Lastwagenfahrers, eines gestohlenen Fahrrads oder Mopeds, zwischendurch auch mal im Gewahrsam eines übereifrigen Dorfpolizisten – durch die mediterranen Gefilde. Aber gelegentlich – ein winziger Erinnerungsblitz genügte – fand ich mich dann doch am Grund der atemberaubend engen Kluft zwischen heiterer Ideal- und knochenbrechender Felslandschaft wieder, was in mir einen panischen Schreibanfall auslöste. Wie rasend verfaßte ich Analysen, Mahnungen, Anklagen, düstere Prophezeiungen – und daneben an die Heilkräfte von Flora und Fauna gerichtete Gebete – und sandte die tolldreisten Texte von Djerba, Gibraltar, Port Said oder Neapel aus an deutsche Lektorate und Redaktionen, so lange, bis deren Notrufe an mein Elternhaus drangen: Dessen Schecks hatten mich die ganze Zeit über Wasser gehalten. Eines Tages dann das Angebot eines Trierer Kleinverlags, eine Auswahl meines flammenden

Schrifttums als Broschüre herauszubringen. Allerdings durfte ich es nur unter Pseudonym veröffentlichen. Den Grund für diese ungewöhnliche Bedingung – der ich erleichtert zustimmte, entsprach sie doch meinem Verständnis von der unbedingten Diskretion und Bescheidenheit des Dichters, der ganz hinter seinem Werk zurückstehen müsse – erfuhr ich erst später: Mein Vater hatte, ohne sich die Mühe zu machen, das Manuskript zu lesen, unter jener Voraussetzung heimlich die Druckkosten beglichen. Die Kritik ignorierte das Werk vollständig, verkauft wurde kein einziges Exemplar. Und meine tapsigen Anstalten, mir einzureden, daß ich mich weder für schnödes Geld noch für eitlen Ruhm interessierte, scheiterten kläglich. Außerdem: Wie konnte ich mich vor psychopathischen Anfällen schützen, wenn ich täglich mit Computerleistungen von Milliarden Operationen pro Sekunde, der globalen Bedrohung durch den Klimawandel oder der Unermeßlichkeit des Universums konfrontiert war? Dies und die abgrundtiefe Bestürzung der Familie über den «surrealistischen und gemeingefährlichen Unsinn« meines Franz gewidmeten »*Arkadischen Schmerzes*« (zwei Textbeispiele: *Sich Schmetterlinge, ein Gewimmel von Sätzen, in die Luft denken, am Ufer im hohen, blühenden, streichelnden Gras, auf dem Rücken liegend, ausgestreckt, nackt, den Kuß des Apollofalters herbeisehnen! Entweder hat mich die Weite des Mittelmeers oder die Enge in Platons Höhle zu der törichten Vorstellung verführt, die Welt sei unendlich. Der Mann zieht seine gespreizte Hand wie einen Rechen durchs Feld: Dich, Kleeblatt, nenne ich Sokrates, dich, Blümchen, Pythagoras, und dich, Mistkäfer; Heraklit. Er zerrieb, was zwischen seinen Fingern hängengeblieben war, zu einer glühenden Kugel. Ich stand vor Spiegeln, und es schwindelte mir.* Und: *Auf meiner ersten Reise, die mich von Teruel, diesem besonderen Ort, nach Córdoba führte – meine Welt ist klein, nur Ägypten, Deutschland, Frankreich, Griechenland und Spanien gehören*

dazu –, wurde ich von Meeresengeln und Blattnymphen begleitet.
Wir wanderten, fuhren, flogen, wie es uns beliebte, aßen und tran-
ken nach der Lust unserer Herzen, kosteten vom Gezirpe der An-
tilopen, naschten am Geflüster des Löwen, schlürften das Kichern
der silbernen Regenvögel. Bei Tage zogen wir unterm Gebalge der
Affenwölkchen dahin, nachts schauten wir zu den Morsezeichen
der Sternblüten auf. Wir lauschten auch den Chorgesängen, die aus
den Erdspalten drangen, und lachten über das zutrauliche Gackern
des Windes. Von den Höhen winkten Bergdelphine herab, Flußtiger
grunzten ihre behäbigen Grüße. Oder deuteten wir diese Ereignisse
falsch? Am Wegesrand lasen Säugefische still ihre Bücher.) führte
schließlich dazu, daß ich dem Angebot, in der Nervenklinik
meines Geburtsortes Sibyllenburg Anerkennung und Ruhe
zu finden, im Interesse meines Auftrags nicht widerstehen
durfte.

Seit kurzem bin ich auf den Rollstuhl angewiesen. Und außer mir vermag niemand zu sagen, warum ich noch existiere.
Dem kann ich nichts als den Rest meiner inneren Würde entgegensetzen: Die menschliche Seele ist wie das in die Tiefe
und Breite reichende Wurzelwerk eines Baumes, das dem
Betrachter gemeinhin verborgen bleibt und dennoch den Ge-
samtorganismus ernährt. Ich werde von den Griechen den
Begriff des Maßhaltens und von den Ägyptern ein Denken,
dem jeder Fortschrittsglaube fremd ist, übernehmen und
mich an die fragwürdige Freiheit klammern, mich als speku-
lierendes Ich zu verstehen, das immer wieder auf eine einzige Lösung kommt: Man muß die Zukunft in den Mythen und
in der Vergangenheit suchen. Leider ist mir diese leuchtende
Vernunft nicht ins Gesicht geschrieben: Ich bin bemerkens-
wert häßlich geworden, meine Physiognomie ist krankhaft
verzerrt, die Haut blüht von Pusteln und Narben. Und was
ich im Spiegel sehe, beweisen mir auch die Blicke der ande-

ren. Ach, wenn ich dies doch als Krise der Philosophie abtun oder wenigstens melancholisch auskosten könnte!

Ja, ich amüsiere mich öfter über mich, als mir lieb ist. *That's it.* Aus allen Schlupflöchern meines Gehirns herankriechende und mich umschmeichelnde Würmer haben mir in ihrer funkelnden Metaphernsprache erstaunlicherweise die *wirklichen* Strukturen meines Bewußtseins und der Welt eröffnet, was mich in einen Zustand höchster geistiger Klarheit und präzisesten Erinnerungsvermögens versetzt. Es stimmt: In der Nacht vor dem Abitur habe ich meinen blinden und hoffnungslos verzweifelten Freund Franz Morbach mit dessen flehentlichem Einverständnis getötet. Zusammen hatten wir wochenlang darüber gegrübelt, wie wir es anstellen könnten, daß niemals der Verdacht der Mittäterschaft auf mich fiele –

»45 Jahre«, flüsterte Leonhard in die Finsternis hinein, »habe ich so getan, als ob du noch leben würdest. Warum fürchtete ich mich vor der Wahrheit, flüchtete mich in dunkle, gleichwohl nichtssagende Bedrohungsszenarien oder irrelevantes Beziehungsgeschwätz, mogelte mich ein Leben lang an allen wichtigen Fragen vorbei und lud damit unendliche Schuld auf mich?«

»Tröste dich, ich wäre genauso geworden wie du, hatte also den frühen Tod verdient", erwidert Franz.

Leonhard tastet die Bettdecke ab. Es vergeht eine Weile, bis Aisha erwacht und sich an ihn schmiegt, so daß er in daunenweiche Geborgenheiten hinein sinkt. Und Aishas Mund schließt sich um ihn wie einst Nofretetes Kartusche.

Wolfgang Hermann Körner bei Brandes &Apsel

Die Fremde

Erzählung, 144 Seiten, Frz. Br., ISBN 978-3-86099-502-0

Das Drama einer jungen, intelligenten, von Idealen geleiteten Frau, der die Integration in die von ihr als surrealistisch verzerrt empfundene Gegenwart misslingt. Um dennoch weiter existieren zu können, muss sie sich verraten und verkaufen und treibt bis zu ihrem frühen Tod in der widerspruchsvollen Identität des Daseins dahin.

Fatimas Atem

Novelle, 144 Seiten, Frz. Br., ISBN 978-3-86099-492-4

Die Verelendung des Menschen durch die Preisgabe seiner Ideale und Tugenden, dargestellt am Beispiel eines Werbetexters, eines Schriftstellers und der mit ihnen befreundeten Fatima, die sich an einem Bombenattentat auf einen deutschen Reisebus vor dem Ägyptischen Museum in Kairo beteiligt.

Sommerhofen

Roman, 368 Seiten, gebunden, ISBN 978-3-86099-487-0

Die Geschichte eines jahrzehntelang getriebenen Menschen am Ende seiner Fluchten. Petrus Kaihm erlebt das Zerfließen seiner Persönlichkeit und das Zurückgeworfensein in den archaischen Zustand des *Unsteten* und *Unbehausten*. Ein raffiniert verknüpfter psychologischer Roman über einen an der Moderne zerbrechenden Menschen.

Fronäcker

Roman, 216 Seiten, engl. Broschur, ISBN 978-3-86099-478-8

Das Leben in einer Gesellschaft des Bildschirmflimmerns und des Diktats der Monitore gleicht einem Dasein auf Fronäckern. Man wird gepeitscht und gehorcht. Mehr denn je gilt: Die Wirklichkeit ist der Skandal. Syndlingen wird zum Symbol für Daseinschaos und den Verlust von Würde und Ernsthaftigkeit. Körner, der Meister der unpolemischen, leisen Töne, führt in ein surreales Labyrinth.

Der Ägyptenreisende

Roman, 208 Seiten, gebunden, ISBN 978-3-86099-467-2

Erzählt wird in diesem Roman von Höller, einem exzentrischen Stromer, der von Träumen, Ängsten und dem Wunsch nach einer anderen Identität bestimmt wird. Höller phantasiert eine Reise in die oberägyptische Nekropole Theben und versucht es mit einem neuen Ich, das er Wahrig nennt. Doch das Szenario ufert in eine Tragödie aus ...

Bitte fordern Sie unser Gesamtverzeichnis an.
Brandes & Apsel Verlag · Scheidswaldstr. 22 · 60385 Frankfurt am Main
Fax 069/272 995 17-10 · E-Mail: info@brandes-apsel-verlag.de

Wolfgang Hermann Körner

Der Emigrant

Roman

Gebunden mit
Fadenheftung und
Schutzumschlag
288 Seiten
ISBN 978-3-86099-516-7

Wolfgang Hermann Körner erzählt die Geschichte eines Menschen, der sich – wie der Autor selbst – in der Moderne eher heimatlos als geborgen fühlt. Hinter einer Lebensanschauung, die die Technokratie und die damit verbundene Entzauberung der Welt ablehnt, verbirgt sich der Taum von Befreiung, Anderssein und Emigration. Doch Zeit und Identität aufzugeben und in selbst erfundene Figuren zu schlüpfen, ist ein Vorhaben, das nur dem gelingen kann, der versteht: »Ich bin der eine oder andere in mir und in euch.«